준최선의 롱런

문보영 산문집

지은이 문보영

시인. 2016년 《중앙일보》로 등단했다. 2017년 시집 《책기둥》으로 김수영 문학상을 수상했고 상금으로 친구와 피자를 사 먹었다. 일상을 사는 법을 연습하기 위해 유튜브 채널 〈어느 시인의 브이로그〉를 시작했으며, 시와 소설, 일기를 편지 봉투에 넣어 독자들에게 배송하는 것으로 생계를 꾸리고 있다. 시집으로 《책기둥》 《배틀그라운드》, 산문집으로 《사람을 미워하는 가장 다정한 방식》 《불안해서 오늘도 버렸습니다》 《일기시대》가 있다.

준최선의 롱런

2019년 11월 27일 초판 1쇄 발행 | 2021년 4월 30일 초판 4쇄 발행

지은이 문보영 | 펴낸곳 부키(주) | 펴낸이 박윤우
등록일 2012년 9월 27일 | 등록번호 제312- 2012- 000045호
주소 03785 서울 서대문구 신촌로3길 15 산성빌딩 6층
전화 02) 325- 0846 | 팩스 02) 3141- 4066
홈페이지 www.bookie.co.kr | 이메일 webmaster@bookie.co.kr
제작대행 올인피앤비 bobys1@nate.com

ISBN 978-89-6051-755-4 (03810)

준최선의 롱런

문보영 산문집

나는 간헐적으로 행복하다. 행복한 날에는 일기장에 사실만 적는다. 그날의 날씨, 거리, 먹은 음식, 음식의 맛, 색깔, 모양, 스쳐 지나간 행인의 모자, 모자에 붙은 먼지, 누군가의 표정, 그것의 색깔과 모양.

그 순간을 기억하고 싶어서 다 적는다. 그런 날에는 기록하느라 급급하다. 내가 무슨 생각을 했는지는 접어 두고, 보고 들은 모든 것을 묘사한다. 일기가 사진이 되고 싶어 하는 순간이다. 그런 날에는 감정을 표현하지도 않고 기록만을 위해 쓴다. 나는 이런 순간을 사랑한다. 그것은 사실 사랑 일기이다. 사실을 사랑하는 일기. (신해욱 시인의 시 〈굿모닝〉에는 "사실을 사랑하는 사람이 되는 거야"라는 시구가 있다. 사실을 사랑한다는 게 어떤 건지 이해하지 못한 채 이 구절을 사랑하다가 이 글을 쓰게 되었다.) 그런 일기를 쓸 때 나는 나를 느끼지 않는다. 내가 거슬리지 않는다. 사실을 관찰만 하기 때문에. 그래서 행복하면 묘사력이 는다.

그런데 나는 간헐적으로 행복하다. 그래서 행복하지 않은 대다수의 나날에는 사실 사랑 일기를 쓰지 못한다. 하지만 일기는 매일 쓴다. 왜 쓸까?

일기장을 다 쓰면 버스에서 내린 기분이 든다. 그런데 일기장은 내가 원하지 않는 곳에서 내려 준다. 애당초 목적지 없이 버스를 탔고, 기름이 떨어져 버스가 멈춰 서면 내리기 때문이다. 이따금 나는 허허벌판에 내린 기분이 든다. '여긴 어디지… 일단 새 버스가 오면 타자.' 엉덩이 아래 보따리를 깔고 앉아 기다리다가 다시 버스가 오면 탄다. 버스는 덜커덩거리며 어디론가 간다. 어디로 가는지 모르지만 하염없이 간다. 일기장은 나를 알 수 없는 곳에 내려 준다. 이번에는 절벽이다. 나는 보따리와 함께 내린 뒤 다음 버스를 기다린다. 그리고 또 간다. 앞으로 가는지 뒤로 가는지 제자리걸음인지 모르는 채 그냥 간다.

며칠 전 친구와 함께 아파트 단지를 산책하고 있었는데 2층에 사는 사람의 실루엣이 보였다. 그 사람은 베란다에서 걷고 있었다. 러닝머신을 하고 있었던 것이다. "저 사람 뭐 하는 거지?" 친구가 물었다. "앞으로 가고 있어." 내가 말했다. "앞으로 나아가지 못하고 있는데?" 친구가 반문했다. "적어도 저 사람은 뭔가를 하고 있잖아." 그런 기분. 그냥 간다는 느낌으로 일기장에 탄다. 일기장에서 내린다. 버스를 탄다. 버스를 타고 어디론가 간다. 하지만 어디로 가는지 나는 모른다. 어딘가에 당도하지 않더라도 그냥 간다는 느낌이 좋아서 일기를 쓴다. 그런 순간들이 시간을 건너게 해 주기 때문에. 앞으로 가고 있다는 느낌을 간직하는 것이 중요했다. 이 세상이 커다란 러닝 머신일지라도, 누군가 우리를 보며 '저 인간들 제자리에서 뛰고 있어'라고 비웃을지라도, 나는 어디론가 가고 있기 때문에 주저앉지 않을 수 있었다. 간다는 느낌과 함께 걸을 수 있었다. 그래서 오늘도, 내일도, 행복한 날에도, 행복하지 못한 날에도 일기를 쓴다.

내가 되고 싶은 사람은 일상을 잘 살아 내는 사람이다. 예술을 위해 일상을 내팽개치는 예술가 대신, 밥도 잘 챙겨 먹고 규칙적으로 일어나고 자는 사람. 내가 하고 싶은 것은 '평범함'이다. 내게 예술이 전부였던 시절 나에겐 일상보다 시가 더 중요했다. 반면 시를 쓰지 않는 나는 아무것도 할 줄 모르는 바보였다. 시를 잠시 떠나 있는 동안 내게는 무너진 일상만이 남아 있었다. 그래서 걸음마를 하듯이 일상을 연습하기 시작했다. 아침에 일찍 일어나기, 좋아하는 카페나 식당 찾아가기, 줄 서서 마카롱 사기, 마카롱에 기뻐하기, 빨래하기, 하릴없이 산책하기, 장보기, 잘 자기…. 여기서 내게 쉬운 건 하나도 없었다.

이 책은 무너진 일상을 복구하면서 쓴 일기들이다. 평범한 일상을 살아 내는 것을 소중하게 여기는 연습. 꿋꿋하게 일상을 살아가는 것이 촌스러운 게 아니라고, 하루를 잘 살아 낸 나를 응원해 주는 사람이 되고 싶었다. 어쩌면 이 책은 일상을 살아 내지 못하는 어느 시인의 일상 고투기인지도 모르겠다. 아침에 일어나 자전거를 타고 도서관에 가서 커피로 잠깨기, 글쓰기, 춤추기, 브이로그 만들기, 전국 북토크 다니기 등 시인이 살아가는 평범한 이야기들을 담았다.

무엇보다 이 책을 묶을 수 있었던 건 다분히 독자분들 덕이 크다. 독자분들께 일반 우편과 이메일로 일기를 보내며 나는 규칙적인 일상을 살 수 있었다. 아무리 힘든 날에도 마감 때문에 일기를 쓰고 나면 정신을 차릴 수 있었고, 무너지는 데에 한계가 있었다. 일상에 관한 일기를 독자들에게 보내는 일이 오히려 나로 하여금 일상을 살게 해 주었다. 내가 하루를 어떻게 살아가는지 곁에서 지켜보는 독자들이 있는 건, 작은 사회 안전망이 있는 것과 같다. 그들이 있는 한 나는 규칙적으로 일기를 쓸 수 있고, 글을 쓸 수 있음에 매번 감사하며, 그로 인해 일상을 사랑하는 사람이 될 수 있다.

그리고 곁에서 늘 밝은 기운으로 북돋아 준 김진주 편집자에게 감사 인사를 전한다. 마지막으로 만인의 돼지 인형 말씹러에게 소박한 포옹을 보낸다.

PM 2 : 39 벽의 날개

PM 8 : 47 춤과 거울

준 최선의

하 루

소중한 기억이

삶을 끈질기게

만들 때

이상한 꿈을 꾸었다. 가방을 잃어버리는 꿈.

내가 메고 다니는 백팩은 아빠가 쓰다 버린 가방이다. 집에
나뒹굴고 있길래 메 봤는데 그 뒤로 계속 메게 되었다. 별로
예쁘지도 않고 이렇다 할 특징도 없다. 가방에는 네 개의 배
지가 달려 있다. 가운뎃손가락을 펴고 있는 흰 고양이와 '저
런 당돌한 고양이를 봤나…' 하는 표정의 새끼 고양이, 자지
러지게 웃는 짱구, 그리고 그들을 인자하게 바라보는 노란

머리 배지. 이 네 존재는 가방 문지기이자 가방 수호자이다. 누가 내 가방을 훔칠 때 죄책감을 심어 주려고 달아 놨다.

가방에는 일기 한 장이 들어 있다. 이 일기는 가방의 가장 안쪽, 가방을 멘 사람의 등과 맞닿는 곳에 있다. 가방을 메면 일기와 등을 맞대게 된다. 그래서 일기와 나는 벽을 사이에 두고 옆 감방 동지와 등을 맞대고 있는 것처럼 희미하게 서로의 존재를 느낀다. 가끔은 벽을 이고 다니는 인부가 된 기분이 들기도 한다. 파일에 넣어 둔 이 한 장의 글은 나의 인생에서 가장 강렬하고 끈질길 정도로 짧았던 한순간에 관한 일기이다.

화가 에곤 실레는 늘 등신대의 거울을 소지하고 다녔다고 한다. 그는 여행을 갈 때조차 큰 거울을 이고 다녔다. 그는 거울을 통해 자기 자신을 보고 그림을 그렸기 때문이다. 거울로 자기 자신을 보는 것은 작은 경악을 동반하기 때문에 거울을 계속 들여다보는 행동이나 일기를 쓰는 행위는 내가 나를 보고 덜 경악하는 연습인지도 모른다.

등에 메고 다니는 이 일기는 "나는 그 순간을 선명하게 기억한다"라는 문장으로 시작한다. 내가 나를 미워하는 많은 시간 속에서 간헐적으로 나를 구하는 한 방식으로 일기를 메고 다니기 시작했다.

소중한 기억이 있는 것만큼 중요한 것은 그것을 계속 끌고 가는 것일 텐데 소중한 기억은 휘발성이 남달라서 자꾸 사라지려 든다. 불행은 접착성이 강해서 가만히 두어도 삶에 딱 달라붙어 있는데, 소중한 기억은 금방 닳기 때문에 관리를 해줘야 한다. 그래서 사람들은 액자를 세워 두는 것으로 추억을 상기하려고 한다. 그런데 액자만큼 눈에 안 보이는 것도 없다. 그래서 추억은 가지고 돌아다니는 것이 좋다. 체감할 수 있도록 등에 메고 다니거나, 가방에서 책을 꺼낼 때 이따금 눈이 마주치도록 하거나, 손이 긁힐 수 있게 새로 출력해서 종이의 사면을 날카롭게 한다거나. 좋은 기억에 관한 트리거를 덫이나 지뢰처럼 심어 두는 것이다.

소중한 기억이 지뢰처럼 계속 폭발할 수 있도록. 그러면 소중한 비밀은 일회성에서 벗어나 간헐적으로 나를 미움에서 구출할 수 있다.

그런데 꿈에서 일기를 넣어 둔 가방을 도난당했다. 네 명의 문지기도 당해 내지 못했다. "귀중품을 가방에 두고 화장실을 나녀오면 어떡해!" 나는 울었다. "이제 내밀성을 도난당한 거야!" 꿈속 다음 장면에서 나의 일기는 작은 바위 위에 놓여 있었다. 도둑이 일기만 빼고 나머지를 가져간 것이다. 현금만 훔치고 지갑은 쓰레기통에 버리는 어떤 강도처럼. 누군가의 삶과 너무 엮여 버린 일기는 타인의 손에 들어갔을 때 그저 돌덩이일 뿐이고, 그 글을 쓴 이에게만 쓸모 있는 존재가 되어 버리기 때문인가. 그런 물건은 백구처럼 돌아오나 보다.

얼떨결에

하늘에

다녀오다 ǀ

하늘은 파산 신청을 하기에 좋습니다

인력거와 영화를 보러 갔다. 인력거는 피아노를 연
주하는 나의 친구인데 단발머리에, 늘 피아노 악보를 겨드랑
이에 끼고 산다. 콩쿠르에 나갈 때도 박스 티에 통이 큰 바지
를 입고 나간다. 그리고 그녀는 평소에 피아니스트가 등장하
는 영화를 즐겨 본다.

인력거와 나는 곤조(칠리 곤잘레스의 애칭)라는 피아니스트에
관한 다큐멘터리 〈닥치고 피아노!〉를 보러 갔다. 첫 장면에서

곤조는 말한다. "여러분은 나를 사랑하시나요? 사랑만 하지 마시고 미워도 하셔야 합니다!" 몸집이 큰 곤조는 머리를 조아리고 등을 구부린 채 피아노 건반을 친다. 뭔가에 너무 집중하고 있는 사람은 왠지 짠해 보인다.

영화를 보고 1층으로 내려왔는데 쇼핑몰에 사람이 너무 많았다. 삼줄 슬리퍼를 신은 인력거가 눈을 빛내며 쇼핑몰 79층에 고요한 카페가 있다고 말했다. 대신 커피가 1만 원이랬다. "VIP가 아닌데 79층에 갈 수 있어?" 내가 물었다. "응. 누구나 갈 수 있대. 1만 원이면 돼."

과연 비밀의 통로를 지나니 카운터가 나왔고, 카운터 직원에게 79층에 있는 카페에 가고 싶다고 말하자 또 다른 직원이 엘리베이터까지 데려다주었다. 말만 하면 누구든 하늘에 갈 수 있는 것이다. 엘리베이터는 아주 빠르고 고요하게 79층까지 올라갔다. 하품을 했는데 고막이 '퍼석' 하고 퍼지는 소리가 들렸다. 비행기를 탔을 때처럼 말이다.

79층 하늘에는 고급 커피숍이 있었다. "라운지 이용하시나요?" 직원이 물었다. "아뇨, 커피 마시려고요." 인력거가 대답했다. 직원은 웃으며 우리를 라운지로 안내했다. 의자를 뒤로 빼 주었기 때문에 우리는 슬슬 걱정이 되기 시작했다. "이거… 1만 원 맞냐. 음료 값만 1만 원이고, 클럽처럼 테이블 값을 따로 받는 거 아닐까…" 나는 인력거에게 눈빛으로 따졌다.

메뉴판을 펼쳤는데 커피가 2만 원이었다. 커피를 2인분으로 파나? 아니면 커플 커피? 하고 다시 봤지만 한 잔에 2만 원이었다. 평소 마시지 않는 아메리카노를 절박하게 찾았는데 1만 7천 원이었다. 나갈지 말지 결정해야 했다. 그런데 왠지 굴욕스러웠다. "의자도 빼 줬고, 엘리베이터까지 데려다준 인 건비도 있는데. 게다가 전망도 참 좋고… 하늘에는 우리에게 없는 게 많아. 여기에는 굴욕도 있고 불가해한 커피 값도 있고, 의자 빼 주는 사람도 있고, 펴진 고막도 있고, 너무 높아서 사람들 소리도 잘 안 들려… 하늘은 좋은 곳이야…" 우리는 하늘에 취해서 메뉴판을 훑었다.

카페모카는 아메리카노보다 2천 원 비싼 1만 9천 원이었다. 하늘에 올라와서 정신이 이상해진 건지, 1만 7천 원이나 1만 9천 원이나 비슷하게 느껴졌다. 아메리카노가 5천 원이고 카 페모카가 7천 원이라면 "커피가 무슨 7천 원이냐? 어떻게 2천

원이나 차이가 나?" 하고 투덜대며 아메리카노를 마셨을 텐데 똑같은 2천 원 차이가 별거 아닌 것 같았다. 돈은 숫자가 커질수록 감이 떨어지기 때문이다. 10억이나 1억이나 (둘 다 가져 본 적이 없으므로) 그게 그거인 것 같은데 이는 1광년 떨어져 있는 별이나 10광년 떨어져 있는 별이나 둘 다 너무 멀어서 그냥 점으로 보이는 것과 비슷한 이치다. 그래서 우리는 마시고 싶은 커피를 주문하고 귀족인 척하며 자리에 앉아 있었다.

"립스틱 있냐?" 내가 다급하게 물었다. "없지…" 삼줄 슬리퍼를 신은 인력거가 다리를 곱게 오므리며 대답했다. 그러더니 갑자기 에어팟을 꺼내며 나에게 한쪽을 줬다. "너 이거 샀어?" 내가 물었다. 사람들이 많이 끼고 다니길래 3만 원 정도일 거라 생각하고 인터넷을 뒤졌는데 25만 원이어서 사지 못했던 에어팟이었다. "어때? 한 층 가까워졌지?" 인력거가 자랑스럽게 말하며 곤조의 음악을 틀었다.

음악을 듣는데 문득 79층에 은행이 있으면 좋겠다는 생각이 들었다. 그리고 그 은행은 파산 전용 은행이면 좋을 것이다. 파산 신청을 할 때는 고요함과 배려가 필요한데 (더 이상 무너질 수 없을 때 사람들은 파산 신청을 하러 오기 때문에) 그 사람들을 위해 하늘에 공간을 하나 내주면 좋을 것이다. 너무 높이 올라가면 귀가 잘 안 들려서 좋으니까 79층 하늘은 파산하기에 좋은 장소라는 생각이 들었다.

나는 그런 생각을 하며 시를 쓰고, 인력거는 악보를 그렸다. 직원들의 시선이 느껴졌다. 시를 쓰는데 주위가 너무 고요해서 잠이 왔다. 잠시 눈을 붙였는데 누가 살갑게 말을 걸었다.

"손님, 여기는 라운지여서 주무시면 안 됩니다."

하늘에서는 눈을 붙여서는 안 되는 것이다. 계속 깨어 있어야 하는 것이다.

얼떨결에
하늘에
다녀오다 2

한 방 기 도

　　며칠 전에 기도를 했다. 인력거를 따라 나는 가끔
기도를 한다. 인력거가 신비의 장소를 하나 발견했는데, 바로
우리 집 아파트 샛길이다. 기도를 하기에 좋다며 나를 그곳으
로 인도했다. 엄밀히 말하면 아파트 단지 내부는 아니고, 아
파트 단지와 바깥 사이에 끼어 있는 작은 길이다. 용도가 불
분명한데, 길이 꽤 길어서 쭉 따라 걷기에 좋다.

　이 길은 틈에 가까우니까 '찢긴 공간'이라고 불러 보려고 한

다. 찢긴 공간은 오르막이어서 천천히 걷게 되는데, 걸을 때마다 풍경이 변한다. 길의 초입에는 작은 쇠 울타리가 있고, 진입하면 이팝나무와 알 수 없는 나무가 즐비하게 서 있다. 나무들은 몸을 기울여서 천막 기능을 한다. 세상으로부터 이 작은 공간을 숨기는 것이다. 지쳐서 그만 걷고 싶을 즈음에는 붉은 조명이 나타나는데, 이승과 저승을 잇는 불바다처럼 느껴진다. 등골이 오싹한 불바다 구간을 지나면 고양이 두 마리와 텃밭이 나타난다. 고양이들은 그곳에 처음 갔을 때도 있었고 다시 갔을 때도 있었다. 하나는 검은색이고 하나는 하얀색인데, 하얀 놈이 우리를 앞질러 걸었고, 연신 뒤를 돌아보았다. 마치 우리를 이 길의 끝까지 인도하겠다는 듯이.

길이 끝나는 지점에 다다랐을 무렵 뒤를 돌아보면 살아온 인생을 돌아보는 기분이 든다. 과장이지만, 아직 내가 살지 못한 인생을 미래에 가서 언뜻 관람하는 기분이랄까. 특히, 붉은 조명이 있는 구간은 멀리서 봐도 무섭고 두렵다. 찢긴 공간은 인생의 파노라마처럼 여러 구간으로 나눠져 있다.

더 끝까지 올라가면 하늘이 있을 것만 같은데, 과연 하늘나라에 어울리는 거대한 나무가 자리를 지키고 있다. 그래봤자 그다음엔 땅이 나온다. 열심히 올라가면 하늘에 닿는 게 아니라 또 다른 땅이 기다리고 있을 뿐이다. 커다란 나무 뒤에는 구치소가 있다. 나무와 구치소 앞에서 인력거와 나는 기도를 한다.

우리는 서로 망을 보고 번갈아 가며 기도한다. 웬 인간 둘이 길 한복판에서 눈을 감고 있으면 이상해 보이기도 하고, 구치소를 향해 기도하는 것으로 오해받을 수 있기 때문이다. 구치소에 들어간 친구를 위해 기도를 하거나, 방금 구치소에서 탈출해 회개하는 것처럼 보일 수도 있다. 게다가 둘이 동시에 기도하면 누가 하는 말인지 신이 헷갈릴 수도 있기 때문이다. 나는 구치소와 나무 앞에서 기도했다.

'하느님… 제게 한 방을 주세요.'

기도를 하니 기분이 좋았다. 기도의 내용이 달라졌기 때문이다. 예전에는 '아프지만 않게 해 주세요. 고통을 멈춰 주세요. 살려 주세요'뿐이었다. 그러니까 뭔가를 막아 달라는 방지 기도가 주를 이루었는데 이제 나는 뭔가를 건강하게 바라기도 하는 것이다!

이번엔 내가 망을 보고 인력거가 기도했다. 눈을 감은 인력거를 보면서, 다음에 기도하러 오면 인력거에게 한 방을 달라고 기도해야겠다는 생각이 들었다. 그런데 그 기도가 먹히려면 먼저 인력거가 아프지 않게 해 달라는 선 기도가 필요할 것이다. 그랬으면 좋겠다. 나도 안 아팠으면 좋겠고 나의 가족과 주변 사람이 아프지 않았으면 좋겠다.

내려오는 길에 다시 불바다 구간을 지나며 나는 낄낄 웃었다. 그리고 진짜 하늘, 엘리베이터를 타고 올라간 79층 라운지에서 인력거와 나는 찢긴 공간을 떠올렸다. 인력거가 그날 무슨 기도를 했느냐고 물어서 한 방 기도를 했다고 말하니, "건강을 달라고 했구나… 아직 아프구나…" 하고 나를 걱정했다. 맞아. 주시는 김에 한약도 지어 주시면 좋을 거야.

79층 고급 카페에는, 정면을 보고 있지만 조금은 서로를 향한 의자 두 개가 서 있고 그 앞에 테이블이 있었다. '서 있다'고 말한 이유는 관 두 짝을 세워 둔 것처럼 생겼기 때문이다. 테이블 위에는 애프터눈 티 세트 모형이 전시되어 있었다. 커피를 다 마시자 직원이 다가와 이제 따뜻한 아메리카노를 주겠다고 했다. 커피를 마셨는데 또 커피를 준다니. "역시 하늘은 좋아." 인력거가 말했다. "맞아. 맞아. 중국 식당 같네. 고급 중식집에 가면 현란한 요리가 나오고, 식사를 끝내면 주방장이 방으로 들어와서는 "식사는 뭘로 하시겠어요?" 하고 묻잖아. 끝났다고 생각했는데 새로운 시작을 주는 곳이 하늘인가 봐."

준최선의

롱런

석 달에 걸쳐 전국 북토크를 돌아다녔다. 고양, 강원, 동두천, 부산 등 전국 곳곳을 다녀왔다. 북토크를 시작했을 때, 주변 사람들로부터 지치지 않느냐는 질문을 많이 들었다. 그전에 시인이 시를 쓰는 것 외에도 벌이는 일이 왜 그렇게 많느냐는 질문도 상당했다. "그러게요…." 나도 모르겠어서 어물쩍 넘긴다.

시도 쓰고 춤도 추고 일기 딜리버리도 하고 브이로그도 하고 1인 문예지도 만들고 전국 북토크도 다니고 산문집도 쓰고…. "너 안 힘드니?" 누가 이렇게 내 일상을 요약하면, 나는 이따금 질타받는 기분이 들거나 너무 많은 일을 벌인 것 같아 민망하고 부끄럽다.

브이로그를 편집하고 자막을 달고 있었는데 친구에게서 전화가 왔다. "지금 뭐해?" 친구가 물었다. "아무것도 안 하지." 나는 대답했다. 정말 별거 안 하고 있었기 때문에 그렇게 대답했다. 아마 시를 쓰고 있었거나 그림을 그리고 있었더라도 '아무것도 안 하고 있어'라고 답했을 것이다. 그제야 "그렇게 많이 하고도 안 힘드냐?"라는 질문에 어떻게 대답해야 할지 알 것 같았다.

"최선을 다하지 않는 것 같습니다."

이게 내가 내놓을 수 있는 가장 정직한 답인 것 같았다. 나는 '하다가 그만둘 줄 알았는데 계속 하고 있네…'형 인간일 뿐이다. 어떤 작가는 자신은 매일 정해진 분량의 글을 쓴다고 했다. 중요한 건 매일 정해진 분량의 글을 써내는 것인데, 그것보다 더 중요한 건, 정해진 분량을 넘기지 않는 것이랬다.

그게 그 작가의 비결인지도 모른다. 쓰고 싶어도 참는 것, 요컨대 최선을 다해 버리고 싶은 순간에 선을 긋는 것이다.

"너 요즘 바쁘지?" 요즘 내가 가장 많이 듣는 질문이다. "그럴 리가요. 너무 따분한데요. 시간이 너무 안 가요." 나는 답한다. 시간이 너무 안 흘러서 매 순간 시간이 나에게 말을 걸고 관계를 강요하고 친분을 쌓으려 든다. 시간은 거대한 짐짝처럼 내 앞에 놓여 있다. 이 시간을 어떻게 다 써야 할지 난감해서 식은땀이 흐르곤 한다. 그래서 시간을 등지고 도망간다. 상어처럼. 상어는 자는 순간에도 몸을 움직여야 숨을 쉴 수 있다. 부레가 없기 때문이다. 부레가 없는 상어는, 몸통에 길게 난 홈집으로 물을 통과시켜 산소를 스스로 취해야 해서 끊임없이 움직이고 입을 쫙 벌리며 다닌다. 작은 동물들을 겁주려고 그러는 게 아니라 숨을 쉬려고 그렇게 하는 것이다.

이런 상어형 인간인 내가 숨 쉬는 방법은 끊임없이 움직이며 한눈을 파는 것, 그리고 내 주의를 분산시키는 것이다. 내 삶의 주도권이 문학에만, 시에 있을 때, 내 삶은 위태로웠다. 시가 떠나면 내 삶도 함께 무너졌기 때문이다. 그래서 언제부터인가, 무너졌을 때 나를 일으켜 세울 수 있는 기회를 시가 아닌 다른 존재에게도 분배하기 시작했다. 음악에, 그림에, 친구에, 춤에, 영상에, 일기에.

매 순간 최선을 다해 번아웃되지 않고 최선 직전에서 어슬렁거리며 간 보기. 준최선으로 비벼 보기. 멀리 봤을 때, 최선보다 준최선이 가성비가 더 좋을지도 모른다. 최선은 관성을 깨는 행위이기 때문에 관성이나 습관이 될 수 없지만, 준최선은 관성이 될 수 있기 때문이다. 준최선이 근육에 배면 어떤 일을 해도 디폴트 값으로 준최선을 하게 되기 때문이다. 최선과 한 집에 살면 삶이 고달파지므로, 옆집이나 이웃 정도로 거리 유지를 하고 달걀 꿀 때만 최선이네 집에 찾아가는 것이 바람직하다.

지구가 24시간에 걸쳐서 도는 것처럼. 만약 지구가 1분에 몰아서 돌아 버리면 인류가 다 같이 돌아 버릴 것이다…. 지구도 준최선으로 돌고 있기 때문에 우리가 넘어지지 않고 걸어다닐 수 있는 것인지도 모른다.

대충하는 것은 아닌데 최선을 다하는 것도 아니고 그 사이에서 묵묵하게 롱런하기. 준최선에서 한 계단만 오르면 최선이기 때문에 정말 최선을 다해야 하는 순간에 조금만 더 힘을 쓰면 최선을 다할 수 있을 것이다. 그리고 한 계단 내려와서 쉬고. 최선이 비켜난 자리에 친구나 여유, 딴생각과 재미, 그리고 소중한 것들이 들어올 수 있을 것이다.

최선을 다하는 삶과 대충 사는 삶 사이에서 박쥐처럼 오락가락하며 어물쩍 살아가는 존버의 삶. 준최선 존버들의 삶은 개인마다 모습이 전혀 다를 것이다. 글쟁이인 나에게 준최선의 삶은 일기를 쓰는 삶이다. 최선을 다해서 일기 쓰는 사람은 드물 테니까. 일기야말로 최선을 다하지 않는 연습, 준최선을 관성으로 하는 일상, 놀면서 바운스를 유지하는 가벼운 발걸음일지도.

둔감 존버

VS

예민 존버

꿈에 어떤 꼬마가 나왔는데 강아지처럼 내게 자기 머리를 들이밀었다. 열이 난다고 해서 이마에 손을 대 보니 열이 없었고, 그 애가 아프지 않다는 사실을 본인에게 알려 줘야 할지 알 수 없었다.

이상한 꿈을 꾸고 난 뒤 맥도날드에 가서 〈오만가지 문보영〉 원고 작업을 했다. 시, 가사, 소설, 만화, 일기 등을 묶어서 만든 1인 문예지인데, 말 그대로 '오만가지 문보영'이다. 치즈버거를 먹으며 오랜 기간 혼자 굴에 살아온 보따리 장수에 관한 만화를 그리고 있는데 정강이가 찾아왔다(정강이는 친구의 이름이다).

정강이는 카운터에서 케첩을 세 개나 받아 왔다. 생각해 보니 애는 늘 그랬던 것 같다. 감자튀김은 케첩 한 봉지로는 커버가 안 되니까 주문할 때 미리 더 달라고 하면 편하다. 정강이는 케첩이 떨어질 것을 대비해서 세 개나 먼저 챙기는 인간이다. 반대로 나는 케첩이 떨어지면 구시렁거리며 1층으로 내려가 다시 받아 오는 인간이다.

그런데 정강이가 인생에서 대비하는 일은 케첩이 유일하다. 반면 나는 케첩만 빼고 모든 걸 대비한다. 그래서 정강이는 케첩을 제외하고 대비하지 못한 모든 일 때문에 인생이 산으로 가고, 나는 너무 많은 것을 대비하느라 일을 그르친다.

맥도날드 2층 매장에는 고등학생 무리와 어떤 아저씨 무리 그리고 이어폰을 꽂고 축구를 보는 사람이 있었다. 2층 매장에서는 귀를 아프게 하는 신호음이 기습적으로 울릴 때가 있다. 삐-삐-삐-삐-삐! 끊어질 줄 모른다. 그런데 아무도 그 소리를 듣지 못하고 나와 정강이의 귀에만 들리는 것 같았다. 화장실 옆 벽면에 달린 직사각형 장치의 버튼을 누르면 소리가 꺼지지만 우리는 존버하기로 했다. 사람들이 우리에게 버튼을 끄라고, 시끄러운 소리를 끄는 건 우리의 몫이라고 생각해서 가만히 있는 것인지 아니면 소리를 듣고도 견디는 것인지 아니면 소리가 들리지 않는 것인지 궁금했다. 주위를 둘러보니 다른 사람들은 아무렇지 않은 것 같았다.

"둔함 존버 vs 예민 존버의 교전이군."
나는 케첩이 없는 밍밍한 감자튀김을 집어먹었다.

"왜 우리는 어딜 가나 대치 중이냐…."
정강이가 더블 치즈버거를 한입 베어 물며 말했다.

우리는 예민함으로 존버했고, 나머지 인간들은 소리가 들리지 않는 둔함으로 의도치 않게 존버하고 있는 듯했다. 맥도날드 2층의 사람들은 다 같이 어떤 종류의 존버를 행하고 있었고, 나는 1층에 내려가서 케첩을 받아 오지 않는 케첩 존버까지 해내고 있었으며, 내 친구는 케첩이 아닌 일에 대비하지 않는 비非케첩 무대비 존버를 하고 있었다.

그렇게 따지면 세상에 존버가 아닌 일은 아무것도 없는 듯했다. 살아 있는 모든 존재는 '살아 있다'는 디폴트 값의 존버를 하고 있는 게 아닐까….

영어 표현 중에 'carry on'이라는 표현이 있다. 이 표현의 의미는 '계속하다'이다. 그냥 지내던 대로 '죽 지내다' '살아가다'라는 뜻이다. 퀸의 노래 〈보헤미안 랩소디〉에서 이 표현을 처음 보았다. 감옥에 들어가게 된 아들이 어머니에게 '제가 이곳으로 돌아오지 못하더라도 계속 살아가세요'라고 이야기하는 가사다. 'carry'의 뜻이 '나르다' '들다'인 것을 고려할 때 'carry on', 즉 '지내다'에는 무언가를 '나르다' 혹은 '들고 있다'는 개념이 포함되어 있나 보다. 살아 있는 모든 것들은 뭔가를 항상 들고 있는 모양이다.

짐을 조금 내려놓을 수는 없을까? 월레스와 그로밋에 나오는 집처럼, 위층과 아래층을 연결해 주는 뻥 뚫린 쇠기둥이 있어서 1층에서 2층으로 케첩을 엉~ 하고 올려 주는 기능이 있으면 존버를 덜 해도 되지 않을까?

별거 없어서 계속

보게 되는

타인의 일상

오늘도 누군가의 브이로그를 본다. 평범한 직장인
의 일상을 담은 브이로그다. 브이로그에 입문한 사람들은 대
부분, 별거 없는데 계속 보게 된다고 말한다. 나도 그런 사람
중 하나다. 브이로그는 자극적이고 화면 전환이 빠른 유튜브
콘텐츠의 홍수 속에서 눈에 잘 띄지 않는 작은 식물처럼 자라
고 있다. 자극적인 제목을 달기엔 내용이 부실하고 전하려는
메시지가 없으며, 인기를 끌려는 야심이나 의도도 딱히 없다.
자신이 사는 하루를 지루하고 무해한 방식으로 기록하고 그

것을 타인과 공유할 뿐이다.

별거 없는데 계속 보게 되는 게 브이로그의 요상한 매력이라면 그게 브이로그의 본질인지도 모른다. 별거 없음을 우리 삶에 초대하고 받아들이는 것 말이다. 브이로그를 보면서 자극이나 현란함, 특정 주제 혹은 재미를 기대하는 사람은 별로 없을 것이다. 사람들은 한 인간이 하루를 얼마나 평평하게 그리고 정직하게 살아 냈는지 구경한다. 별일 없는 나날들에 대해, 그 무의미에 반발하지 않고 살아가는 사람의 모습을 구경하는 것이다. 아침에 일어나서 출근하고, 장을 보고, 식사를 하고, 지인을 만나 한잔하고, 뚜벅뚜벅 집으로 돌아와 아이스크림을 먹는 모습을 보는 것에 만족하기 때문이다. 어쩌면 낮은 기대치를 연습하는 게 브이로그가 하는 일인지도 모른다.

이따금 소설보다 일기가 더 좋을 때가 있다. 소설과 달리 일기에는 커다란 줄기가 되는 사건도 없고, 추적해야 할 어떤 과거도 없다. 자극적인 서사 없이 이야기는 이어진다. 단편적인 이야기들을 담담하게 던진 뒤 지나가 버린다. 스쳐 지나간 사람의 발목을 잡아 돌아오게 하는 것은 소설이고 서사일 것이다. 끝난 사랑이 뒷북을 치며 다시 찾아와 인물들의 삶을 망쳐 놓는 것이 서사 전개에 요긴하기 때문이다. 그런데 실제 삶에는 기승전결이 부재한다. 삶이 단 하나의 사건이나 치명적인 타인에 따라 전개된다면 그 삶의 주인은 내가 아니라 사건일 것이다. 나의 삶에는 사실 별다른 중심 서사나 중심인물이 없을뿐더러 매우 너저분하고 별게 없다. 끝난 사람은 그냥 지나가 버린다.

스쳐 지나간 어제의 일상은 죽는 날까지 기억나지 않을 수도 있다. 오늘은 또 다른 지루한 오늘일 뿐이다. 과거와 현재 사이에는 별다른 인과나 얽힘이 없고, 어제와 오늘은 남남인 적이 더 많았다. 대신 이런 삶을 받아들일 때 나는 일상을 조금 더 수월하게 살아갈 수 있다. 사라진 것들을 꾸준히 사라진 채 내버려 두는 게 일기이고, 일상이고, 브이로그이기 때문에.

중심 사건에서 풀려난 이야기들은 조각으로 떨어져 나가며 여러 공간에 심어진 채 자라나기 시작한다. 브이로그는 우리 삶에, 흥미진진한 서사가 없다는 지독한 사실을 유쾌하게 받아들이게 한다. 그런 점에서 브이로그는 영상 일기이기도 하다. 그래서 이따금, 누군가의 브이로그를 보면서 유튜버의 일상에 큰일이 벌어지면 어쩌나 내심 걱정한다. 브이로그 유튜버가 대스타가 되어 일상이 화려하게 바뀌거나, 아니면 갑자기 불행한 일을 겪어 일상이 무너져 버려 브이로그를 그만 둘까 봐. 큰일이나 서사는 눈길을 끌지만 휘발성이 커서 금방 우리를 떠나기 때문이다. 별게 있어서 보기 시작한 것들은 별게 없는 순간을 견디지 못하게 하지만 일기적인 일화들을 사소하고 감각적으로 쌓아 올린 브이로그는 아무것도 아님을 지속하는 힘과 별거 없음에 내성을 쌓도록 도와준다.

크게

크게
작게

작게

아침마다 전화 영어를 한다. 아침에 혼자 일어나지 못하기 때문이다. 애인이나 가족 혹은 친구도 나를 깨울 수 없다. 오직 불편한 타인만이 나를 깨울 수 있다. 전화 영어 벨이 울릴 때 내 머릿속에 울려 퍼지는 경고음은 '타인에게 피해를 끼치면 안 돼!'이다. 전화 영어를 놓치면 선생님이 기다려야 하기 때문에 나는 바로 전화를 받는다.

나의 아침은 이렇게 전화 영어와 함께 시작된다. 어느 날은 전화 영어 시간에 제임스 테이트의 시를 읽었다. 그의 시는 대부분 산문 형식으로 쓰여 있으며 아주 짧은 이야기에 가깝다. 그래서 그의 시를 처음 접하는 사람들은 대부분 "이게 시야?"라는 반응을 보인다. 그게 조금 슬퍼서, 어느 순간부터는 그냥 짧은 이야기라고 소개한다. 오늘은 보스니아인 멀세드와 제임스 테이트의 시 〈The florist〉를 읽었다. 다 읽고 나니 멀세드가 "엥 이게 소설이라고? 이거 시인데? 시에 더 가까운 거 같은데?"라고 말했다.

멀세드가 제임스 테이트의 글을 시라고 생각한 이유를 얘기했다. "시는 상상력에 의존한다. 시는 한계가 없다. 시에서 당신은 아무 데나 갈 수 있고 그것은 아무 데도 갈 수 없다는 것을 뜻한다Poem depends on imagination. Poem has no limit. In poem, you can go anywhere which means you can go nowhere."

나는 문득 그의 이름에 대해 생각했다. 멀세드의 이름에 'sad'라는 단어가 들어 있는 것이 눈에 들어왔다. 이름에 '슬퍼'가 포함되어 있다니. 멀슬퍼. 멀슬퍼. 내가 중얼거리니, 뭔가가 슬픈 멀세드는 "What? What did you say?" 하고 물었다.

화상 전화를 끊기 전에 멀세드는 나에게 "그런데 너 지금 어딨어? 집에 있는 거야, 아님 기숙사?" 하고 물었다. 그래서 나도 "그러는 넌 어디에 있는데?" 하고 물었다. 눈앞에 있는 사람들끼리 "너 지금 어딨어?"라고 묻는 게 웃겨서 나는 내가 어디 있는지 말해 주지 않았다. "미안해. 안 물어볼게"라고 멀세드가 움츠린 채 대답했다. 그 순간 나는 멀세드에게 설명하기 어려운 연민을 느꼈다. 왜 그런 감정이 불쑥 튀어나왔는지 모르겠다.

나에게 연민이라는 감정이 찾아오는 순간은 이상한 순간들이다. 내게 연민은 공감보다 더 어렵고 난처한 감정이다. 공감은 이해에 기반한다. '나도 너의 슬픔을 알아'가 전제된 감정이 공감이라면, 연민은 이해가 되든 안 되든 일단 마음이 미어지는 상태에 가깝다. 그래서 나는 연민이 공감보다 더 큰 감정이라고 믿는다. 지도 못난 주제에 남 걱정한다는 점에서 미련하고 바보 같고 그래서 아름답다. 고시원에 살던 시절에 자주 나를 찾아오던 연민이 있었는데, 그 시절에 쓴 일기를 옮겨 본다.

며칠 전, 슈퍼를 지나고 있었는데 어떤 고등학생이 통유리 앞에 진열된 과자 한 봉지를 집어 가게 안으로 들어가다가 하나로는 부족할 것 같은지 돌아와서는 또 한 봉지를 집었다. 왠지 모르겠지만 그 모습이 너무 슬펐다. 나는 새벽 서너 시쯤에 라면을 먹으러 24시 편의점에 간다. 이따금 내 또래의 애들이 검정 봉지를 달랑거리면서 골목으로 사라지는 모습을 본다. 그때 나는 이상한 감정이 드는데 (아마도) 슬픔에 가까운 감정인 것 같았다. 초등학생 때도 그랬다. 반에 좀 통통한 애가 있었다. 체육 시간이 끝나고 티셔츠가 땀에 절어 등에 딱 달라붙었는데 그 등이 너무 슬펐다. 이해할 수 없는 연민이었다.

며칠 전, 한 친구가 고시원에 놀러 왔다. 이 친구는 시사에 밝고 신문을 달고 산다. 나는 평소에 아무 생각 없이 살아가는 편인데 그 친구의 말을 듣다 보면, '세상이 그렇게 불합리하구나' 싶어서 한번 놀라고 '난 역시 너무 안일했어' 하고 각성하기도 한다.

그런데 나는 '세상은-'으로 시작하며 내뱉는 문장을 잘 이해하지 못한다. 세상이라는 말이 너무 크게 들리는 까닭이다. 인류를 사랑한다는 말은 아무도 안 사랑한다는 말이고 전 세계를 위해 일하겠다는 말은 아무 일도 안 하겠다는 말이고 자식을 글로벌 인재로 키우겠다는 말은 아무것도 아닌 인간으로 키우겠다는 뜻이니까. '세상을 위해서'라는 말도 내게는 텅 비게만 느껴지는 것이다. 그래서 나는 구체적인 사람은 연민할 수 있어도 세상을 연민할 수는 없는 인간인가 보다.

대신 아주 구체적으로 말하면 알아듣기 편하다. "걔는 허벅지에 작은 점이 두 개나 있는데 나는 알고 걔는 몰라"라든지 "내가 사랑한 사람은 분홍 핸드백 깊은 곳에 숨기고 다니는 데오드란트 같은 존재였지" 따위의 디테일을 얘기해 줘야 그 사랑을 상상할 수 있다. 너무 크게 말하면 들을 수 없게 되나 보다.

너무

작고 사소한

사랑

집을 나설 때 아주 긴 고무줄을 현관문 문고리에 단단히 묶어 놓고, 그 고무줄의 반대편 끝은 내 허리에 묶고 돌아다니는 기분이 들 때가 있다. 처음엔 느슨하지만, 집에서 멀어질수록 고무줄은 팽팽해지고 어느 순간, 걸음을 내디딜 때마다 "곧 끊길 거야… 곧 끊기고 말 거야"라고 중얼거리게 된다. 집에 돌아오는 순간까지 '이건 아니야… 이건 아니지…' 하고 도리질한다. 우리 도서관의 콘센트 버튼은 조금 남다르다. 붉은 버튼 한쪽에는 '켜짐'이라고 쓰여 있다. 반대편에는

'꺼짐'이라고 쓰여 있어야 자연스러운데 '복귀'라고 쓰여 있다. 도서관 엘리베이터도 조금 특이하다. 하얀색 버튼 한쪽엔 '비상 정지'라고 쓰여 있고 반대편에는 '복귀'라고 쓰여 있다. 도서관은 복귀를 좋아하나 보다. 그래서 도서관에 오면 밖에 있을 때보다 편하고 '이제 복귀를 좀 했구나' 하는 생각이 드나 보다. 누군가를 만나면 나는 켜지고, 그래서 복귀가 시급해지고, 그래서 도서관에 가야 진정된다.

사람을 만나면 다음 날은 사람을 만나지 않고 시간을 보내게 된다. 그런데 점점 내성이 떨어져서 한번 사람을 만나면 일주일은 쉬어야 한다. 쉬어야 하는 시간이 점점 늘어나는 것이다. 부산에 북토크를 하러 내려가는 기차 안에서 밖을 보니 비가 내리고 있었다. 사람이 많은 곳에 잘 가지 못하는 나를 보고 친구들은 행사나 낭독회는 어떻게 하느냐고 걱정한다. 그런데 신기한 점은 행사를 하거나 시 수업을 하는 날에는 유독 상태가 좋아진다는 점이다.

공황은 차별적이다. 지하철이나 북적이는 공간에서는 기습하지만(사람이 많고 낯선 공간인 건 동일한데) 행사를 하거나 시 수업을 할 때는 역으로 공황이 찾아오기는커녕 치유의 기미까지 내보인다. 그건, 행사에서는 주로 말하는 사람이 나서서 그런지도 모른다. 행사에서 나는 말하고 사람들은 들어준다. 혹은 대화를 한다. 나는 환자이고, 심리 상담을 해 줄 생각은 없었던 청중은 얼떨결에 의사가 된다. 반대로 대중고통, 아니 대중교통을 이용할 때 불쑥 찾아오는 공황은 불안이 해결될 수 없는 구조. 말을 지껄이면 감소되는 것이 불안의 한 성질인데 지하철에서는 그게 안 되기 때문이다.

그런데 부산에 도착하자, 많은 사람 앞에서 떠들 것을 생각하니 긴장되었다. 북카페 이터널저니가 있는 기장은 초행길이었고 비는 억수로 내렸다. 숙소에 짐을 풀고 간단하게 밥을 먹고 행사장으로 향했다. 횡설수설하다가, 준비한 유인물을 읽었는데, 다자이 오사무의 《인간실격》에 관해 얘기할 때부터 마음이 조금씩 편해졌다.

《인간실격》의 한 부분을 인용하자면 다음과 같다.

호리키는 말했습니다.
"그나저나 네 난봉도 이쯤에서 끝내야지. 더 이상은 세상이 용납하지 않을 테니까."

세상이란 게 도대체 뭘까요. 인간의 복수일까요. 그 세상
이란 것의 실체는 어디에 있는 것일까요. 무조건 강하고
준엄하고 무서운 것이라고만 생각하면서 여태껏 살아왔
습니다만, 호리키가 그렇게 말하자 불현듯 "세상이라는
게 사실은 자네 아니야?"라는 말이 혀끝까지 나왔지만
호리키를 화나게 하는 게 싫어서 도로 삼켰습니다.

'그건 세상이 용납하지 않아.'
'세상이 아니야. 네가 용서하지 않는 거겠지.'
'그런 짓을 하면 세상이 그냥 두지 않아.'
'세상이 아니야. 자네겠지.'
'이제 곧 세상에서 매장당할 거야.'
'세상이 아니라 자네가 나를 매장하는 거겠지.'

《인간실격》의 주인공 요조는 인간에 대한 공포로 몸서리치
는 인간이다. 특히 요조는 세상에 대한 공포가 아주 크다. 그
러던 어느 날, 친구 호리키가 요조에게 "이제 좀 정신 차리라
고, 세상이 용납하지 않을 거야"라고 말했을 때, 요조는 '세상
이란 개인이 아닐까' 하는 생각을 하게 된다. 그 이후로 요조
는 예전보다 아주 조금은 자기 의지대로 움직일 수 있게 된

다. 이 부분을 읽은 이후 나도 세상을 개인으로 축소해서 생각하는 법을 기르게 되었다. 가령, "야, 나는 그렇게 생각하지 않지만, 사람들은 좀 안 좋게 생각할 수 있어." 누군가 나에게 이렇게 말했을 때 '세상이 아니라, 사람들이 아니라, 네가 그렇게 생각하는 거겠지'라고 생각하면 세상이라는 커다란 짐은 별게 아닌 것 같고, 마음이 조금은 가벼워졌다. 다음과 같은 말에도.

• 요즘 누가 시를 읽어?
→ 사람들이 안 읽는 게 아니라, 네가 안 읽는 거겠지.

• 야, 그렇게 시를 길게 쓰면 누가 읽냐?
→ 네가 안 읽는 거겠지.

• 너 그런 성격으로는 세상 살기 힘들다?
→ 세상이 아니라 네가 날 받아들일 수 없는 걸 거야.

이렇게 생각하면 나는 세상과 싸우는 사람이 아니라 눈앞의 한 사람, 개인과 싸우는 사람이 될 수 있었다. 나의 싸움은 전쟁이 아니라 아주 작고 사소한 싸움으로 축소되는 것이다.

그래서 누군가 세상을 등에 업고 당신에게 상처를 준다면 이렇게 중얼거리면 좋다.

내가 싸워야 할 대상은 거대한 세상이 아니라
내 눈앞에 서 있는 작은 당신일 뿐이야.
이건 아주 작고 사소한 싸움일 뿐이야.

북토크를 마치고 질문 시간에 맨 뒤에 앉은 어떤 아주머니가 미소를 지으며 손을 들었다. 그리고 내게 물었다.

"책을 읽으니 당신은 많이 아팠던 것 같아요. 이제 괜찮나요?"
"네! 저는 괜찮아요."

그것은 살면서 받아온 질문 중 가장 따뜻한 질문이었다.

사랑도 마찬가지인 것이다. 내가 사랑을 한다면 나는 세상을 사랑하는 게 아니라 내 눈앞에 서 있는 작은 사람을 사랑하는 것일 테다. 그건 아주 작고 사소한 사랑일 것이다.

벽
의

날개

나에 관한
항의

나는 일곱 살이 될 때까지 가지고 싶은 게 없었다. 뭔가를 배우려는 학습욕, 식탐, 소유욕, 인형에 대한 애착, 그리고 발화욕도 별로 없었다. 일종의 욕망 부족이었다. 언어 습득도 몹시 느려서, 초등학교에 입학했을 때, 자기 이름을 쓸 줄 모르는 학생은 반에서 나뿐이었다. 무엇보다 부모님은 내가 여타 아이들처럼 뭔가를 사 달라고 조르지 않는 점을 수상히 여겼다. 갓 태어난 아기가 울지 않아서 걱정하는 것처럼. 엄마는 "이거 사 줄까, 저거 사 줄까?" 내게 물었고 나는 어깨만 으쓱거렸다.

일곱 살이 되던 해였다. 아빠는 나를 커다란 쇼핑 카트에 앉힌 채 마트를 구경시켜 주었다. 그날도 엄마는 "이거 예쁘다, 저거 멋있지" 하며 내게 욕망을 연습시키려 했다. 바비 인형을 보며 "이거 예쁘다"라고 말하거나 레고를 내게 만지게 하며 "이걸로 집도 만들 수 있어"라고 말하는 식이었다. 매대를 한 바퀴 돌 즈음이었다. 나는 손을 들어 뭔가를 가리켰다.

"저거 가지고 싶어."

나는 말했다. 그 순간을 또렷이 기억한다. 엄마 아빠가 서로 눈을 마주치며 '우리 딸이 이 세상 사람이긴 하구나' 하고 안심의 표정을 짓는 것을. 그들은 오래 묵은 궁금증과 함께 시선을 돌렸다. 내가 가리킨 것은 거대한 인형의 집이었다. 그것은 대형 마트에서 파는 가장 큰 장난감이었다. 그 커다란 인형의 집 옆에는 인형이 하나 달려 있었는데, 그 인형도 대형 인형이어서 인형의 집에 들어갈 수 없었다. 인형이 인형의 집에 들어갈 수 없는 부조리한 형태의 어떤 장난감이었다. 엄마 아빠는 처음에는 '웬일이지?' 하고 기뻐했지만, 가격표를 보고 난처한 표정을 지었다. 여간해서는 사 주었을 텐데 그럴 만한 가격이 아니었던 것이다.

부모님은 내가 집 형편을 생각할 줄 아는 조숙한 딸이라고 생각해 왔는데, 그 순간 환상이 깨졌을지도 모른다. 그날 나, 엄마 그리고 아빠 우리 셋이 동시에 깨달은 바가 있었다. 이 아이는 보통 아이들이 원하는 것 이상을 원하는 괴물이며, 정말 원하는 것이 나타났을 때를 놓치지 않기 위해, 자잘한 욕망들은 스스로 제압할 줄 아는 꼬마 요괴라는 것을.

그 이후에도 딱히 뭔가를 사 달라고 말한 적이 없다. 가지고 싶은 게 없었기 때문이다. 갖고 싶은 게 있더라도 '그걸 과연 당신이 나에게 줄 수 있을까?' 하고 상대방의 능력을 의심했던 것인지도 모르겠다. 좌우간 나는 다시 나로 돌아갔다. 딱히 갖고 싶지 않아서 괜찮다고 말했을 뿐인데, '얘는 조르질 않네' 하고 어른들에게 칭찬받는 상황을 즐겼다.

또 하나 즐긴 게 있다면 야매 그림이다. 엄마 친구 집에 놀러 가면, 나는 방에서 그림을 그렸다. 방에는 그림이 많았다. 나는 사진이나 그림을 종이 아래에 놓고 테두리를 따라 그릴 수 있었다. 대고 그린 그림을 가져가 보여 주니, 엄마와 엄마 친구들은 내가 그림에 재능이 있다며 칭찬했다. 나는 종이에 대고 그렸다고 고백하지 않았다. 그들의 관심과 사랑을 즐겼다. 대고 그렸는데 내가 그렸다고 칭찬받는 것을, 안 갖고 싶을 뿐인데 욕심이 없다고 칭찬받는 상황을. 나는 사람들이 나를 사랑하도록 놔두었다. 사랑이 전적으로 오해에 기반하도록 방치했다.

그래서 누가 나를 사랑하면서 동시에 오해하는 것을 개의치 않는 어른으로 자란 건지도 모르겠다. 그래서 나의 사랑이 엉망진창이 되어 버린 건지도 모르겠다. 어른이 된 나는, 있는 그대로의 나로서 사랑받는 것을 욕망할 줄 모르는 인간이 되어 버렸기 때문이다. 이해받는 것과 사랑받는 것이 조화를 이룬 적 없었기 때문에, 둘 중 이해받는 쪽을 자연스럽게 포기해 왔던 것이다.

사랑받으면 장땡이지, 하는 생각으로. 시나 일기, 내면의 것을 토해 낸 것으로 누군가에게 사랑을 받는 것은 여전히 어색하다. 나는 누군가 그런 식으로 나를 사랑하도록 내버려 두지 않았다. 이 뒤틀리고 왜곡된 사랑법은, '나를 알면 상대가 떠

날 것'이라는 불안에 기반한 중증의 방어 기제인 동시에 '네가 나를 알아볼 리 없다'는, 타인의 이해력을 신뢰하지 않는 오만함에 기반한다.

이 글을 쓰는 이유는, 며칠 전 누군가 나에게 이런 말을 했기 때문이다.

"넌 겁쟁이지? 너는 사랑하는 사람에게는 표현할 줄 모르고, 진지한 관계를 두려워하지? 맨날 이 사람에서 저 사람, 저 사람에서 저 사람으로 도망 다니고 전전하지? 넌 왜 거기까지만 바라는 거야? 왜 뭔가를 바라도록 너 자신을 내버려 두지 않는 거야? 넌 한 번도 제대로 된 사랑을 해 본 적이 없지?"

누군가 나에게 항의했다.

우연인지 벌인지, 그날 프랑수아즈 사강의 소설 《브람스를 좋아하세요…》에서 유사한 문장을 만났다.

> "저는 당신을 인간으로서의 의무를 다하지 않았다는 이유로 고발합니다. 이 죽음의 이름으로, 사랑을 스쳐 지나

가게 한 죄, 행복해야 할 의무를 소홀히 한 죄, 평계와 편법과 체념으로 살아온 죄로 당신을 고발합니다. 당신에게는 사형형을 선고해야 마땅하지만, 고독형을 선고합니다."

이 문장에 대해 종일 생각해야 했다.

사람들이

우물을 들여다보고

시를

쓴다

     시 수업에서 묘사 시 쓰기를 했다. 위에서 봤을 때 직사각형 대열로 가운데가 뻥 뚫린 모양이 되도록 책상을 배치하고, 그 한가운데 묘사할 물건들을 부려 놓았다. 각자 원하는 대상을 하나 택하고 그 대상을 묘사하는 시간이었다. 수강생들이 의자에서 엉거주춤하게 엉덩이를 떼고 허리를 굽혀 중앙의 바닥을 내려다보았다.

"우물을 들여다보고 계시는군요. 여러분…"

수강생들을 바라보니 글을 쓰는 사람은 우물에서 뭔가를 길어 올리는 사람인 것 같았다. 나도 엉덩이를 들고 우물 바닥을 내려다보았다.

바닥에는 고양이 사료, 장미꽃, 찢어진 수첩, 엉덩이에 별 박힌 개가 그려진 노트, 건강 보조 식품 등이 있었다. 사람들이 바닥을 굽어살폈다. "시를 쓰는 인간들은 바닥을 잘 쳐다보는 사람들인가 봐요." 나는 조용히 중얼거렸다.

30분 정도 지났을 때 검은 헬멧을 쓴 사람이 후다닥 들어왔다. 자장면이 배달 온 줄 알고 설레었는데 수강생이었다. 전동 킥보드를 들고 4층까지 올라오느라 땀이 줄줄 흐르고 있었다. 그녀도 우물을 들여다보았다. 그리고 이내 생각에 잠기더니 상자에 뭔가를 휘갈겨 쓰기 시작했다. 그녀는 구겨진 상자 겉면에 시를 쓰고 있었다.

검은 헬멧은 시 수업에 늦지 않으려고, 전동 킥보드에 헬멧까지 쓰고 휘리릭 날아와 4층까지 육중한 킥보드를 들고 올라온 뒤 가방에서 빈 상자를 꺼내(상자는 어디서 났을까? 상자는 왜

그 순간에 텅 비어 있었을까? 내용물이 담겨 있었다면 단단해서 상자 갑에 글을 쓰기 더 좋았을까?) 우물을 한번 들여다보고는 휘리릭 시를 쓰고 있었다.

"상자 위에 시를 쓰다니… 아방가르드한 시가 나올 것 같군요…!" 나는 혼잣말을 하며 우물에서 대상을 길어 내어 글을 썼다.

내가 쓴 시는 스무고개 시였다. 그 글의 일부는 다음과 같다.

스무고개 5번

여기서 한 가지 힌트를 더 드리겠습니다. 볼라뇨의 소설에는 〈문학+병=병〉이라는 제목의 소설이 있습니다. 이 가산법이 가능하려면 문학은 '0'이어야 합니다.

수학적 증명

문학+병=병

문학+병-병=병-병(양변에서 병을 빼 본다.)

∴ 문학=0

문학이 '0'인 덕에 병에 문학을 더해도 병이 악화되지 않고 그대로 병일 수 있습니다. 문학이 0인 덕에 병에 문학을 더해도 병이 치료되지 않고 그대로 남을 수 있나 봅니다. 문학은 병도 아니고 세균도 아니지만 병을 치료하는 백신이나 구원도 아닌 모양이군요.

문학이 0이라는 뜻은 문학이 쓸모없다는 뜻이 아니라, 문학은 공기처럼 삶 근처에서 부유하는 존재라는 뜻에 가깝다. 문학이 0인 덕에, 내 인생의 전부가 되어 버리는 일을 방지할 수 있다. 공기 없이 살 수는 없지만, 공기가 내 삶의 최선은 아닌 것처럼.

우리는 각자 쓴 글을 읽었다. 그러는 동안 나는 잠잠해지고 마음이 평온해졌다. 누가 글을 읽어 주는 시간이 시 수업에서 제일 좋다(그 순간에는 수업을 안 해서 그런 걸까?). 우물에서 같은 것을 들여다보고서, 전혀 다른 글을 길어 내는 일은 신비롭고 묘하다.

"오, 상자에 시를 쓴 이유가 무엇인가요?"
내가 물었다.

"종이가 없어서…요….."
검은 헬멧이 말했다.

'당신은 진정한 시인!'
나는 속으로 외쳤다.

수업을 마치고 검은 헬멧과 나는 전동 킥보드를 같이 들고서 어두운 계단을 내려갔다.

"킥보드를 탈 때도 헬멧을 써야 하는군요?" 하고 물으니, 그건 아닌데 〈안 죽고 싶은 모임 어때요?〉라는 문학 모임(김승일 시인과 만든 모임이다) 때문에 문득 안 죽고 싶어져서 헬멧을 쓴다고 했다. 시인으로서 보람을 느꼈다.

어쩌면 시는 쓸모 있는 놈인지도 모른다. 내가 시인이어서 누가 죽지 않을 수 있다면 계속 시인을 해도 좋을 것이다. 사람들이 수업 시간에 매번 검은색 헬멧을 쓰고 들어오면 좋을 것

이다. 헬멧을 벗고 상자에 시를 휘갈겨 쓰고 나에게 읽어 주
면 좋을 것이다. 자장면을 먹는 것보다 사람이 죽지 않는 게
더 좋으니까.

결정적인
혼자

마냥 걷고 싶어서 동네를 걸었다. 한 시간쯤 걷다 보니 전혀 모르는 길이 나타났다. 테라스가 있는 카페로 들어가서 바닐라라떼를 주문했다. 카페의 벽은 병풍처럼 여닫을 수 있는 구조였고 열린 상태였다. 세 살 정도 된 여자아이가 벽을 넘나들고 있었다. 엄마가 주기적으로 말했다.

"안 돼 더 이상 가면 안 돼 보이는 데만 있어!" 엄마가 한눈판 사이, 아이가 또 달아나려 하길래 이번에는 내가 외쳤다.

"안돼더이상가면안돼보이는데만있어!"

이렇게 외치고 나니, 방금 내가 내뱉은 말은 내 삶에 오랫동안 없었던 말, 누군가에게 들은 적도, 누군가에게 해 본 적도 없는 말이라는 것을 깨달았다. 그리고 앞으로도 할 수 있는 말인지 의문스러웠지만 문득 누군가에게 이 말을 하고 싶고, 또 듣고 싶었다.

누군가를 좋아하면 선물을 많이 주는 편인데, 문제는 내가 먼저 쓰고 준다는 점이다. 선물을 주는 순간보다 선물을 주기 직전의 스릴 때문에 자꾸 선물을 사게 되고 그런 욕망이 왜곡되어 가방에 선물이 있는데도 선물 증여를 미룬다.

예전에 길바닥에서 멋진 지갑을 산 적이 있었다. 친구에게 주려고 가방에 넣고 다니다가 한두 번 썼는데 쓰다 보니 좋아서 내가 계속 쓰게 되어 버렸다. 친구가 지갑을 새로 샀느냐고 묻고서야 "너, 가져" 하고 줬다. 그리고 "쓰던 거니까 부담 마"라고 쿨하게 말했지만 실제로 쓰던 것을 준 셈이니 할 말이 없었다.

결국 선물을 주는 사람은 자기 자신에게 선물을 주는 건지도 모른다. 나는 그게 좋아서 가게에 가서 누구에게 줄지도 모를 선물을 샀다. 도끼 빗을 들고 있는 여자가 잔잔하게 뒤를 돌아보고 있는 그림의 책갈피였다. 선물을 주고 싶은 마음을 몇 천 원에 산 것이다.

이 책갈피를 미래의 결혼 상대에게 줄 거라고 말하니 친구가 비웃었다. 친구는 댄서인데, 춤은 몸 안에 두 가지 방향이 존재하는 거라고 내게 알려 준 사람이다. 발을 왼쪽으로 누르면서 오른쪽 어깨는 동북 방향으로 올리는 안무를. 춤은 평소에 내가 하지 않는 자세를 연습하는 것이기도 해서 늘 불편한데, 이 불편함에 중독되는 순간이 온다. 그래서 어떤 안무를 익힐 때 몸이 불편하지 않으면 새로 배울 게 없는 안무이거나 내가 몸을 잘못 쓰고 있는 경우이다.

친구든 애인이든 가족이든, 타인을 겪는 건 몸 안에 여러 상반된 방향이 존재하도록 내버려 두는 것, 어떤 불편함을 허락하는 것이 아닌가 싶다. "결혼이라~ 니가?" 친구가 지나가며 웃는다. "나도 언젠가 짝을 만나 결혼해서 짝이랑 옆집에 살고 싶어. 달걀 떨어질 때 꾸러 가는 식으로 결혼 생활을 로맨

틱하게 꾸려 가고 싶어…!"

암스테르담에는 '하루 결혼'이라는 게 있다고 한다. '하루 결혼'이란 반관광 운동의 일환으로 암스테르담 현지인과 관광객이 하루 동안 결혼하는 프로그램이다. 관광객과 현지인이 가상 부부가 되어 하루를 보내되, 현지인이 관광객을 도시의 조용한 곳으로 초대해 현지인과 관광객의 관계를 개선하고 사람이 붐비는 암스테르담 거리의 열기를 잠재우려는 것이다.

하루 결혼. 하루 살이. 하루 이별. 하루 도망. 하루 친구. 하루 가려움. 하루 똥집.

하루 결혼에서 시작해서 하루 똥집으로 끝나는 어떤 하루에 관한 생각을 하며, "하루 결혼, 하루 결혼, 하루 결혼…" 하고 중얼거려 봤다. 결혼을 하면 삶의 어두운 강타를 조금 이겨낼 만할까. 아주 힘든 순간엔 결정적인 혼자가 되려고 드는 내 습관을 바꿔 줄 타인을 만날 수 있을까.

그랬으면 좋겠다. 그리고 만약 하루 결혼을 한다면, 그 사람에게 책갈피를 선물로 주고 이렇게 외쳐야겠다.

"안 돼 더 이상 가면 안 돼 보이는 데만 있어!"

정말 사랑하는 사람에게는 하지 못할 말 같아서.

우체국 상주
작가

어느 가내 수공업자의 하루

　　오늘도 우체국에 간다. 나의 생계는 크게 세 가지
로 지탱된다. 일기 우편 딜리버리, 시 수업, 원고료. 그중 가장
큰 지분을 차지하는 것은 일기 우편 딜리버리이다.

어느 날 블로그에 올리는 일기를 사람들에게 편지로 보내고
싶었다. SNS로 구독자를 모집한 뒤 손글씨로 쓴 일기를 봉
투에 담고 스티커를 덕지덕지 붙여 보냈다. 미용실, 고시원,
목욕탕…. 전국 각지와 해외로 편지가 날아갔다. 무심코 시작

한 우편 서비스는 어느덧 나의 생계가 되었다. 몇 달 전부터 군부대 독자층이 유입되기 시작했다. "1만 원을 내면 편지를 보내 주는 시인이 있대… 21세기에 편지를 보낸대… 정말 시인스럽군…." 어디서 소문이 났나 보다. 이럴 땐 내가 시인에서 진화해 편지 대행업체가 된 것 같아 뿌듯하다.

편지를 잔뜩 실어 우체국에 처음 간 날, 우체국 직원이 물었다. "이게 다 뭔가요? 이 스티커를 손수 붙인 거예요?" "친구들에게 보내는 편지예요…." 이렇게 말하니 문득 친구가 엄청 많은 사람이 된 것 같았다.

오늘도 아침에 일어나 원고를 싣고 우체국에 갔다. 우체국 사람들은 "저분 또 왔네. 스티커나 구경하자" 하고 말한다. 내가 오면, 말하지 않아도 편지 봉투를 담을 커다란 초록 상자들을 내주신다. 그런데 오늘 또 사고가 발생했다. 한번은 스티커를 봉투 이곳저곳에 붙여서 우편비를 더 낸 적이 있었다. (정해진 부분에만 붙여야 하기 때문이다.) 또 한번은, 우편번호를 잘못된 위치에 적어 수정 펜으로 지우고 다시 써야 했다. 그런데 이번에는 편지 봉투의 동봉 상태가 문제였다. 새로 산 풀의 접착성이 좋지 않아서 마스킹 테이프로 재동봉했는데,

테이프 때문에 기계가 봉투를 읽지 못해서 반송될 수 있다는 것이었다. 우체국을 드나든 지 거의 1년이 되어 가는데 여전히 모르는 것 투성이었다. 우체국 구석 테이블에 앉아 마스킹 테이프를 떼고 다시 포장했다.

일기 우편 딜리버리에는 일정량의 기다림이 포함되어 있다. 우편을 보낸 날 오전에는 "오늘 오전에 우편을 배송했으니 이번 주 내로 받아 보실 수 있을 거예요"라는 공지문을 띄운다. 약간의 설렘을 동반한 기다림이 시작된다. 로켓배송, 당일배송이 당연한 21세기, 기다림이 사라지고 있는 시대에 다 같이 기다림을 연습하는, 일종의 기다림 좀버 체험 서비스랄까. 그런데 일기 우편 딜리버리를 시작하고 깨달은 점은 사람들은 생각보다 잘 기다릴뿐더러 기꺼이 기다린다는 것이다.

첫 번째 원고와 마지막 원고는 우편으로 배달되고, 매주 두 번 이메일로 일기를 전송한다. 우편을 원하지 않는 사람들에게는 모두 이메일로만 전송한다. 그런데 신청자 중 약 98퍼센트가 우편 서비스를 신청한다. 나는 이 수치에 매번 조금 놀란다. 많은 사람이 기다림을 감수하고 이메일 대신 편지를 원하는 이유는 뭘까. 물성을 지닌 편지를 이메일보다 선호하기 때문인지도 모른다. 사람들이 기다림을 감수하는 이유는 휴대폰 모니터로 글을 읽는 것보다 여전히 종이에 적힌 글을 좋아하기 때문인지도 모르겠다. 우리는 여전히 감각할 수 있는 것, 물성이 있는 것, 남길 수 있는 것, 책상에 붙여 보관할 수 있는 것을 사랑하나 보다. 책을 좋아한다고 말할 때, 이 말은 그 책의 내용뿐 아니라 책의 물성을 포함한다. 책을 만지고, 가지고 다니고, 펼치고, 밑줄을 긋고, 베는 행위를 모두 사랑한다. 어쩌면 만질 수 있기 때문에 책을 좋아하는지도 모르겠다.

대신 공휴일이 끼거나 태풍과 같은 자연재해로 인해 혹은 우체국 파업으로 배송이 늦어지면 초조하다. 그래서 가급적 월요일 오전에 우체국에 간다. 목요일이나 금요일을 불신하기 때문이다. 금요일에 보내면 주말을 끼고 도착할 확률이 높은데, 주말에는 까마귀나 독수리가 편지를 낚아채 가거나 도적떼의 습격을 받아 편지가 어디론가 사라질 것만 같다. 그래서 미도착 연락을 받으면, 바로 우체국으로 간다. 너무 자주 우체국을 가서 우체국 상주 작가가 된 기분이 든다. 불필요한 기다림을 최소화하기 위해서, 사정이 허락된다면 말이라도 타서 언덕을, 숲을, 진흙탕을 지나 허리에 찬 두루마리 편지를 독자에게 전달하고 싶다. 말에서 내리며 "전갈 대령입니다" 하고 외치고 싶다.

오늘은 이번 달의 마지막 우편을 보냈으니, 내일은 다음 달의 첫 번째 우편을 보낸다. 오늘도 밤샘 포장을 시작한다. 피자 (원고에 피자 향이 묻어날지도 모르겠다)를 한 판 시키고 노동요를 튼다. 일기 우편 딜리버리의 가장 좋은 점은 정신노동으로 대부분의 시간을 보내는 작가인 나에게 육체노동의 기회를 준다는 것이다. 머릿속에서 잡스러운 생각을 몰아내는 데 효과적이다. 원고를 네 번 접고 봉투에 담은 뒤 풀로 붙이고, 주소 스티커를 붙인다. 수신인의 이름을 구경한다. 나는 이름 대신 별명을 지을 수 있는 신청란을 마련해 두었다. '나쁜 피자가 끌리는 이유' '출근할 때마다 고양이를 방에 가둬 미안한 사람' '오랜만에 지구 여행' '마법학교 입학 대상자' '애틋한 쓰레기' '버림받고 싶지 않은 누군가' '못 받은 돈' … 사람들은 매번 나를 웃게 만든다. 밤샘 포장을 한 날에는 드물게 숙면한다. 좋은 꿈도 나쁜 꿈도 꾸지 않고 편한 잠을 잔다.

은행 일기 I

  잘 되다가 망한 관계가 있다. 목요일에는 볼일을 보러 은행에 갔다. 내 차례가 되어서 의자에 앉았는데, 내 앞에 안경이 놓여 있었다. 이전 손님이 두고 간 안경이었다. 테가 가는 오버사이즈 안경이었다. 예전에 알던 애가 착용하던 안경과 비슷했다. 은행 직원에게 얘기하려다가 먼저 착용해 보았다.

안경을 끼자 잘 보이던 세상이 뿌예졌다. 다른 사람의 눈으로 세상을 보면 세상이 잘 안 보이나 보다. 과거 그 애가 끼던 안경은 도수가 없는 안경이었다. 편의상 그 애를 '무도수'라고 불러 보겠다. 무도수는 그림을 그리는 애였고 시력이 좋았다. 그런데 그림을 그릴 때 종종 패션 안경을 끼곤 했다. 왜 안경을 쓰냐고 물었더니, 안경을 벗을 때 기분이 좋아서 그런다고 했다. 무도수는 그림을 그리는 사람은 잘 보는 사람이라고, 안경을 쓰면, 뭔가를 자세히 볼 준비, 남들이 보지 못하는 것까지 잘 보겠다는 다짐 같은 걸 할 수 있다고, 그리고 안경을 벗을 때에는 뭔가가 마무리된 기분이 든다고 내게 말했다. 작품을 갈무리하고 안경을 벗으면 근육이 이완되는 기분이 들어서 좋다는 것이다.

은행 직원에게 적금을 들고 싶다고 말하니, 저축성 보험 상품을 추천해 주었다. 매달 30만 원씩 5년 동안 적금하면 목돈이 생기는 데다가 비과세라고 했다. 또 다른 적금 상품은 체크카드를 쓰면서 주 거래를 유지하면 3퍼센트 이자를 받을 수 있었다. 그런데 이자가 높은 대신 과세가 있다고 직원이 내게 말했다. 어차피 나는 잘 알아듣지 못했다. 그래서 "어떤 게 더 좋은가요?" 하고 물었고 은행 직원이 골라 준 적금으로 골랐다.

코에 걸치고 있던 안경을 아래로 내리고 목을 디밀어 서류를 읽으며 사인했다. '어린 나이에 벌써 노안이 왔나…' 하는 표정으로 직원이 나를 쳐다보았다. 〈개인 전자금융 서비스 신청서〉에 개인 정보를 기입하다가 안경을 똑바로 썼다. 다시 세상이 잘 안 보였다.

몇 달 전에는 무도수가 꿈에 나왔다. 무도수는 그림을 좋아했지만 문학에는 관심이 없었다. 그 애를 좋아했던 여러 이유 중 하나였다. 시를 읽지 않는데 대화가 통하는 사람은, 시를 쓰는데 대화가 통하는 사람보다 강렬했다.

그런데 꿈에서 무도수는 나와의 대화를 거부하려는 듯 앞으로 터벅터벅 걸었다. 나는 그 애의 뒷모습을 바라봐야 했다. 자신이 나를 보지 않는 모습을 내게 보여 주려고 애쓰는 것 같았고, 나는 그 노력에 상처받았다. 꿈에서 무도수는 모자를 거꾸로 쓰고 있었고, 안경은 안 쓰고 있었다. 나는 그 애가 안경을 안 쓰고 있을 때를 더 좋아했다. 안경을 쓰고 있는 동안에는 나를 보지 않기 때문이다. 안경을 쓴다는 건 나보다 더 자세히 볼 게 있다는 것을 의미했고 그 친구에게 그건 그림이었기 때문이다. 그런데 그 모습마저 좋아했다. 나는 걔가 나와 다른 곳을 바라보고 있다는 게 좋았다.

무도수가 내 인생에서 나가고 인력거와 카페에서 만나 운 날을 기억한다. "사랑하는 사람은 서로를 바라보는 게 아니라 같은 방향을 바라보고 있는 것'이라는 말은 개나 줘 버렸으면." 인력거가 말했다. 피아노를 연주하는 인력거는 피아노 연주자들을 가장 싫어한다. 같은 방향을 바라보는 게 지긋지긋하다고 그녀는 말했다. 인력거는 무용수나 시인과 결혼하겠다고 선언하곤 한다. 나는 그림을 그리는 그 애가 시인이 아니어서 너무 좋았다. 그 애를 바라보면 문학을 등진 채 문학을 할 수 있을 것 같았다. 시궁창은 뒤로하고 글을 쓸 수 있을 것 같았다. 나는 그런 삶을 소망했다.

"걔는 나를 전혀 모르는데… 나는 그 점이 너무너무 좋았는데…."

나는 테이블 위에 놓인 모자 옆에 얼굴을 뉘었다. 눈물이 볼을 타고 가로로 주룩주룩 흘렀다.

은행 일기 2

미국 드라마 〈그레이 아나토미〉에 나오는 한 환자
는 7년째 강도8에 해당하는 통증에 시달린다. 7년간 의사들
은 통증의 원인을 알아내지 못했다.

그러던 어느 날, 한 의사가 비강에서 원인을 발견하고 간단한
수술로 남자의 통증을 치료한다. 환자는 그레이(레지던트)에
게 말한다. 작년에 자신의 아내가 죽었는데 슬퍼할 수가 없었
다고. 콧속 통증에 사로잡혀 슬픔이라는 감정을 느낄 수 없

었기 때문이었다. 통증이 사라지면 비로소 슬퍼할 수 있게 될 거라는 소망에 남자는 눈물을 흘린다.

적금을 들고 있는데 누가 내 어깨를 쳤다. 안경 주인이었다. 나는 멋쩍게 웃으며 남자에게 안경을 돌려주었다. 남자는 내 앞에서 셔츠 끝으로 안경알을 닦고는 휙 하고 사라졌다. 은행원은 나를 힐끔 쳐다보고는 카드형 OTP를 주며 조작 방법을 알려 주었다. 우측 하단에 있는 버튼을 누르자 작은 직사각형 칸에 번호가 떴다. 지갑에 OTP 카드를 넣고 나머지 서류를 작성했다. 은행원이 서류를 접수하는 동안, 〈보이스 피싱 예방〉에 관한 포스터가 눈에 들어왔다.

"의심하고, 전화 끊고, 확인하세요~"

이런 글귀가 '의심하고, 전화 끊고, 행복하세요'로 읽혔다. 의심하고, 전화 끊고, 행복해하는 게 연애 아닌가…? 나는 다시 안경을 찾았다.

"주택 청약, 사회 초년생 우선순위, 다 된 거죠? 돈 가져가셔 야죠, 세액공제액, 세액공제 한도….." 은행에서 알아듣기 어려운 용어들이 날아다녔다. 예전에 친구가 나더러 은행원과 만나라고 했던 게 떠올랐다. 무도수와 잘 안되고 난 뒤 친구와 나눈 대화였다.

"젠장. 관심 있던 사람이랑 잘 안됐어."
나는 친구에게 말했다.

"너는 자유로운 영혼이랑만 만나지 마."
"너무해…."
"은행원이랑 만나."

친구가 보기에 나는 서쪽으로 자유로운 영혼이고 상대방은 동쪽으로 자유로운 영혼인데, 그런 두 인간이 만나면 척력과 역방향의 에너지로 가동되는 연애를 시전하며 회오리바람과 허리케인을 만들어 돌고 돌다가 서로를 저쪽 세상으로 날려버리는 것으로 연애를 종료한다고 했다. 나의 연애에 대한 우려가 담긴 목소리였다.

적금을 들고 황급히 은행 창구를 벗어나려는데 어떤 직원이 쪽지 하나를 건네며 출구를 안내해 주었다. 쪽지의 좌측에는 로댕 조각상이 그려져 있고, 우측에는 "생각은 저희가 할게요. 3분 안에-대출한도조회"라고 적혀 있었다. 일명 '생각 대출'이라는 것인데, 생각을 대신해 주는 대출인 모양이었다. 생각의 한도가 어디까지인지 알려 주는, 일명 '생각 대출 한도 조회'도 있었다. 일단 이 대출을 들면 '생각 이자'가 붙을 것이다. 누가 나 대신 생각을 해 주기 때문에 무생각, 무개념으로 점철된 인생을 살 수 있을 것이다. 그러다 먼 훗날 불어난 이자가 찾아와, "이제 생각을 갚으시오~" 하고 명령할 것인데, 오랜 시간을 무생각과 무개념으로 살아 오며 생각을 저축하지 않았기 때문에 빚을 갚지 못해 결국 파산하게 될 것이다. 그런 은행 상품인 것이다.

대표 사진

    꿈을 꾸었는데 하루를 망치기에 좋은 꿈이었다. 카페에서 연유라떼를 마시고 있었는데, 모자를 쓴 사람이 내 앞을 지나갔다. 지나가는 것만으로 칼집이 난 것처럼 허공이 찢어졌다. "전 애인이냐?" 옆에서 녹차라떼를 마시던 친구가 물었다. "젠장! 맞아!" 그때 꿈에서 깼는데, 돌이켜 보니 모자를 쓴 사람은 전 애인이 아니었다. 꿈에서 처음 보는 인간이었다. 그 사람이 지나갈 때 마음이 찢어져서 전 애인이라고 생각한 것인가? 그나저나 전 애인이 뭐지? 전기과 애인의 준말인가? 전전 애인은? 전기 전자과 애인? 그럼 전전전 애인은 전기 전자 전파 공학과 애인?

평균 11시 반에 일어나지만 늘 '내일은 30분 일찍 일어나야지' 하고 다짐한다. 정신을 똑바로 차리면, 그다음 날은 11시, 그다음 날은 10시 반, 그다음 날은 10시에 일어나게 된다. 그런데 9시 반에 일어나는 날엔 반드시 실패해서 새벽 6시경에 잠들고, 오후 12시에 일어난다. 다시 다짐을 반복한다. 다음 날은 11시 반에 그다음 날은 11시… 그리고 9시 반에 일어나기에 실패해서 다시 12시….

가까스로 접근하면, 9시 반이 기다렸다는 듯이 나를 뻥 차서 12시 내 고향으로 보내 버리는 것이다. 이렇게 일상을 제대로 살아 내지 못하는 인간이 브이로그를 할 자격이 있을까 싶지만, 취침 시간은 매우 규칙적이다. 꼭 새벽 5시에 잠든다. 한 달 동안 오전 5시나 6시에 일어나는 영상을 찍어 올리는 유튜버가 있던데, 〈어느 시인의 브이로그〉에서는 한 달 동안 규칙적으로 새벽 5시에 자는 모습을 찍어 볼까.

좌우간 12시경에 일어나 대충 씻고 도서관으로 가다가 악몽의 잔상 때문에 카페로 자전거 방향을 돌렸다. 우체국에서 구독자들에게 우편 일기를 부치고 좋아하는 카페로 갔다.

카페에서 로베르토 볼라뇨의 단편집 《참을 수 없는 가우초》를 읽은 뒤 역자 후기를 읽었다. 역자 후기는 가급적 읽는 편이다. 줄거리를 요약해 주기 때문에. 나는 책을 읽을 때 줄거리 파악을 잘 못한다. 책을 읽을 때 줄거리만 빼고 다 읽는 모양이다. 이 책의 번역가는 역자 후기에 단편 〈두 편의 가톨릭 이야기〉를 "성직자가 되려는 소년과 어느 살인자의 기막힌 조우를 그린 작품이다"라고 요약한다. 그제야 나는 깨닫는다. '등장인물이 한 명인 줄 알았는데 두 명이었군! 게다가 그 사람이 살인자였단 말이야? 어째… 음산하더니.'

그 글에는 다음과 같은 문장도 있다.

"《참을 수 없는 가우초》는 볼라뇨의 세 번째 단편집이자 첫 번째 유작이 되었다."

보통 유작은 유일하다. 죽기 직전에 쓴 마지막 작품이 유작이니까. 만약 유작이 두 편이면 그 사람은 두 번 죽은 사람인 건가? 역자가 첫 번째 유작이라고 말하니 유작의 다음 편, 두 번째 유작, 세 번째 유작… n번째 유작도 있을 것만 같다. 만약 모든 작품이 죽기 직전에 쓴 것이라면 작가가 쓴 모든 작품은 유작인지도 모른다.

책 소개에 이렇게 써도 웃길 것이다.

"○○○작가가 남긴 유작! 세상에 남겨진 마지막 작품!"

그런데 ○○○작가는 아직 죽지 않아서 독자들을 실망시키는 구조로 마케팅해 보는 것이다.

"이것은 제가 죽기 전에 쓴 작품입니다!"
"당신은 아직 죽지 않았잖소."
"죽기 직전입니다!"

혹은 작가에게, 자신의 작품에서 유작을 고를 기회를 주어도 좋을 것이다. 《참을 수 없는 가우초》는 볼라뇨의 유작이지만, 과연 그는 이 작품이 유작이기를 바랐을까?

아이폰에는 'Live Photo'라는 게 있다. 사진이 찍히는 순간과 그 전후가 모두 찍히는 기능이다. '사진 영상' 혹은 '영상 사진'이기도 하다. 정지된 사진으로 보이지만 손가락을 갖다 대면 느린 '움짤'처럼 보이기 때문이다. 우측 편집 버튼을 누르면 하단에 파노라마처럼 사진들이 펼쳐지고, 바를 움직여 대표 사진을 선택할 수 있다. 이런 식으로 글쓴이가 전 생애에 걸쳐 파노라마처럼 써 내려간 작품들 중에서 한 작품을 유작으로, 대표 사진으로 고르는 것이다.

벽의 날개

재미공작소에서 주최한 시 전시회에 갔다. 이곳에서 전시되는 시들은 지면에 발표되지 않는, 오직 전시를 위한 시이다. 촬영은 어렵기 때문에 시를 필사할 수 있는 빈 책《시공간집》을 나눠 주는데, 관람자들은 여기에 시를 옮겨 적을 수 있다. 조용히 녹음하거나, 눈으로 읽는 방법 등으로 시를 관람할 수 있다.

이 행사에 참여한 시인들은 전시 기간 중 하루 전시장을 방문

한다. 내가 가는 요일은 개관 첫날인 화요일이었다. 나는 전지 석 장과 매직을 들고 재미공작소를 찾아갔다. 문래동은 올 때마다 날이 흐리다. 철공소 투성이여서 길을 걷다가 눈앞에 철근이 떨어져 있어도 놀랍지 않다. 이곳저곳에 뜯긴 전선이 보인다. 거리의 간판은 한마음으로 녹슬어 있다. 이상하리만치 인적이 드문데 얼굴이 어두운 사람들이 골목에 간간이 출몰한다. 을씨년스러운 길을 걷다 보니 재미공작소를 발견했다.

문을 열었는데 구름이 끼어 있는 것 같았다. 아주 고요했다. 그 고요함은 아무도 없을 때의 고요함보다 더 진한 고요함이었다. 사람들이 벽에 달린 시를 읽고 있었다. 누군가 무언가에 집중할 때 발생하는 고요함이었다. 나는 그 풍경에 섬뜩 놀라 허리를 숙이고 대기실로 들어갔다.

빈 시집 《시공간집》을 들고 전시장을 돌아다니며 마음에 드는 시 앞에 앉아 시를 옮겨 적었다. 시들은 벽에 얌전히 붙어 있지 않았다. 시인의 이름이 적힌 왼쪽 페이지만 붙어 있고 나머지 부분은 떼어져 있었다. 창문을 열어 바람이 드나들게 하면 시는 날개처럼 퍼덕일 수 있을 것 같았다. '새끼 독수리들이 가지에 앉아 있는 것 같군…' 나는 생각했다.

관람자들은 시를 읽는 것에서 멈추지 않고 이리저리 날개를 건드려 보며 놀기도 했다. 사람들은 한 편의 시 앞에서 오래 자리를 지키기도 하고, 시를 외우거나, 《시공간집》에 받아 적었다(사람들은 저마다 자신이 가지고 있는 최고급 펜을 챙겨 온 것처럼 보였다). 내가 발표한 시는 〈칠면조 연애시〉 연작인데, 다시 읽어 보니 '내가 이딴 시를 왜…' 하는 자괴감이 들었으므로 사람들이 내 시를 못 읽게 머리통으로 가렸다.

이 전시의 특징은 전시가 끝나면 시가 사라진다는 점이었다. 전시장의 시들은 이곳에서만 읽을 수 있다. 인스타그램 '스토리'의 원리와 맞닿아 있다. 인스타그램 스토리는 '24시간 뒤에 사라진다는 것을 알면 소중해진다'는 간단한 원리에 기반한다. 사람들은 '사라짐'이 전제된 어떤 것을 소중히 여기는 경향이 있으며, 사라짐은 소중함을 발생시키는 강력한 전제이기 때문이다. 시 전시회 역시 휘발성을 이용한 재미있는 놀이인 듯했다.

사람들이 시를 열심히 읽는 풍경은 낯설고 아름다웠다. 전

시 관람은 한 회당 50분으로 제한되어 있었다. 마치 무한 리필 초밥집의 제한 시간 2시간 같았다. 사람들은 제한된 시간 안에 시를 읽어야 해서 주변을 개의치 않고, 시를 읽는 데 초집중하고 있었다. 누군가는 구석에서 조용히 시를 녹음했다. "칠면조는… 칠면조는…." 누군가 읊조리고 있었다. 그런데 휴대폰에 시를 녹음하는 사람들은 뭐랄까…. 전화 상담원 혹은 전화 교환수 같았다. 의자에 앉아 벽을 보고 통화하는 어떤 사람. 벽과 통화하는 사람들. 시를 읽는다는 건 결국 통화하는 행위인가. 벽과, 시인과, 시에 등장하는 존재들과 말이다.

시 전시회를 방문한 사람들은 서로 대화를 섞지 않았지만, 같은 시를 읽고 있는 것만으로 충분한 대화를 나누고 있는 듯했다. 그러니까 어떤 시를 읽는다는 건, 그 시를 읽은 사람들과도 통화하는 행위인지도 모르겠다.

나는 가져온 전지를 벽에 붙였다. 자유롭게 공동 창작 시를 쓰기 위해서였다. '횡단보도를 건너다가 독수리를 만난 것이다'라는 첫 문장을 쓴 뒤 다음 문장을 기다렸다. 사람들은 전시를 관람하다가 한 문장씩 이어서 시를 써내려 갔다. 완성된 시는 정말 멋졌다. 말 그대로 벽에 휘갈긴 시였다.

나는 다른 시인들의 시를 읽고 우리가 함께 쓴 시를 읽으며 낄낄거리다가 짐짓 심각해졌다가 갑자기 거의 울었다. 어쩌면 시 전시회의 전시물은 시가 아니라 시를 관람하는 사람들인 것 같았다. 이 풍경이 너무 아름다워서 나는 그만 문을 열어 달라고 외치고 싶었다. "문을 열어 주세요! 바람이 불면 새끼 독수리들이 다 같이 날개를 퍼덕일 겁니다. 벽에 달린 날개가 벽을 들어 올릴 거예요. 그러면 우리는 문래동의 양탄자가 되어 휘리릭, 날아오를 겁니다!"

춤

과

거울

네가

날 알았으면

좋겠어

누군가에게 내 책을 줄 때 나는 작아진다. 뭐랄까.
'잘 좀 부탁드립니다…' 이런 기분이 든달까.

태국은 코끼리로 유명하다. 오래전부터 태국에서는 코끼리를
최상급 선물로 여겨 중요한 사람에게 선물했는데, 반대로 철
천지원수에게도 코끼리를 선물했다고 한다. 태국 왕조는 이
따금 적국에 코끼리 10마리를 선물했다. 선물받은 나라에서
는 코끼리를 키울 만한 땅을 먼저 마련하고 씻겨 주고 놀아

주고 먹이고 돌봐야 했다. (그러다 정이 들어서 코끼리 옆에서 낮잠도 자고 코끼리에게 피리도 불어 주고, 코끼리가 아프면 꺼이꺼이 울었을지도 모른다.) 그렇게 적국이 코끼리를 돌보느라 정신이 팔린 틈을 타 태국은 적국에 쳐들어갔다.

가끔 내가 선물한 책이 공간을 많이 차지해서 이게 선물인가, 싶을 때가 있다. 일전에 어떤 애인이 나에게 모형 맞추기를 선물한 적이 있었다. 아주 작은 블록들을 쌓고 끼워서 완성해야 했다. 대학교 중간고사 기간이었다. 나는 피규어를 완성해 휴대폰으로 찍어 애인에게 자료 증빙을 했고, 사랑의 초심을 잃었다는 쓸데없는 혐의를 벗을 수 있었다. 중간고사 기간에 피규어를 맞추는 데 시간을 보냈으므로 다음 날 시험을 망쳤다. 애인 때문에 성적이 떨어지는 1818가지 사례 중 하나가 되겠다.

이처럼 누군가에게 내 책을 선물로 줄 때 '혹시 내가 코끼리나 모형 피규어를 주는 게 아닌가…' 하는 기분이 들 때가 있다. 책을 선물로 받은 자는 피드백을 해야 한다는 부담을 느껴서 책 읽은 것을 티 내려고 애쓴다. 책 내용을 인용하며 "허허. 잘 읽었어. 재밌더군!" 하고 말하는 식이다. 그때 나는 '내가 친구에게 선물이 아니라 부담을 주었구나' 하는 자괴감에 빠진다. 그래서 누군가에게 책을 잘 주지 않게 된다.

어떤 친구는 내 책을 거름망으로 사용하기도 한다. 그 친구는 내 책에 자신이 나오는 게 자랑스러워 내 책을 들고 다녔다. 한번은 소개팅을 나갔는데 상대에게 내 책을 선물하며, 자신이 여기에 나온다고 말했다. 남자는 신기해하며 꼭 읽어 보겠다고 말한 뒤 집에 가서 책을 읽고는 그 뒤로 친구에게 연락하지 않았다. 주선자의 말에 따르면 "겉은 되게 밝아 보이는데 내면에는 어둠이 있는 분 같더군요. 책에 따르면…" 하고 말했다고 한다. '내 책 때문에 친구가 차이다니! 참을 수 없어…!' 나는 또 자괴감에 휩싸였는데, 친구는 오기가 생겨서 그다음에도, 그다음에도 내 책을 들고 나갔다. 실실 웃으며 어디 한번 갈 때까지 가 보자는 마음으로 "저기요, 여기 내가 나오거든요? 읽고 오세요" 하고 친구는 말했다. 등장인물 중 자신이 누구인지는 밝히지 않고("사실, 그중에 누구여도 별로 좋을 건 없잖아…?"라고 친구는 말했다) '나를 감당할 수 있는 자만 남아라'용 멘트를 날리며, 사람 거름망으로 내 책을 사용한다는 것이었다. 나는 또 자괴감에 빠져 내가 이러자고 책을 썼나 싶었다.

그런데 한편으로 내 친구와 나는 사람들이 책을 읽고 우리를 조금 더 이해했으면 좋겠다고 생각했다. 몇 주 전, 춤 연습실에 일찍 갔는데 나보다 먼저 온 친구가 있었다. 나는 소파에서 무릎 보호대를 차다가 갑자기 책을 주고 싶었다. 그래서 슬금슬금 다가가 "저기… 이거 내 책이야" 하고 책을 건넸다. 그리고 뒤돌며 속으로 말했다.

'거기에 내가 조금은 설명되어 있어. 네가 날 알았으면 좋겠어!'

나는 누군가에게 그렇게 말하는 대신 나의 책을 주었다.

우리가

원하는 불행은

절대 안 줘

태풍 링링이 왔다. 태풍의 이동 경로를 따라 수원으로 낭독회를 하러 가야 했다. 7시에서 9시 사이 수원에 엄청난 비바람이 몰아친다는데 낭독회는 정확히 7시부터 9시까지였다. '아… 왜 하필 7시에서 9시냐…' 투덜거리며 아침에 TV를 켰는데 역시나 태풍에 관한 뉴스로 세상이 떠들썩했다. 노란 우비에 하얀 헬멧을 쓴 한 기자는 창동의 어느 거리에서 뉴스를 보도하고 있었다. 교회의 뾰족한 첨탑(깔때기를 거꾸로 한 모양 혹은 우산을 접은 모양)이 바닥에 사정없이 고꾸라져 있었다. 그 아래에는 회색 SUV가 깔려 있었다. '나 깔렸어… 그런데 용케 살아 있어…' 하는 표정이었다. 본의 아니게 십자가를 멘 SUV는 헤드라이트의 두 눈을 뜨고 정면을 응시하고 있었다.

주민들의 제보에 따르면 교회에서 분리된 첨탑은 허공을 휘감듯, 혹은 무언가를 가리키는 듯, 혹은 다이빙 선수처럼 한 바퀴를 휙 돌고 쓰러졌다고 한다. 이 장면은, 목격한 사람들의 내면에 다양한 인상과 장면을 빚었을 것이다. 보도에 따르면 인명 피해는 없었고, 주변의 전선도 무사했다.

카메라는 앵글을 바꿔 멀쩡한 전신줄을 보여 주었다. 만약 첨탑이 전신줄에 걸렸다면, 나뭇가지에 걸려 살아남은 낙하산병 같았을 것이다. 첨탑이 추락하는 장면은 내게도 진기한 인상을 빚어냈다. 내 머릿속에서 첨탑은 추락하면서 깔깔 웃고 있었다. 교회 첨탑은 본인의 인생에서 단 한 번뿐이었을 기지개를 켠 것 같았다. 하늘을 가리키는 단단하고 견고한 건물에서 분리, 이탈, 독립하는 순간을 자축하듯, 허공에 선을 그으며 휙 돌고 쓰러진 것이라고 말이다. 이 장면은 내 친구 유령(친구의 별명이다)과의 간밤의 대화를 떠올리게 했다.

유령은 신실한 기독교 신자인데 엄청난 불행을 겪은 이후 교회에 나가지 않고 있다. 그러다 불행이 더 심각해져서 다시 교회를 찾아갔다.

교인들은 행인들에게 주보를 나눠 주고 있었다. 모자를 쓴 유령은 교회 나무 아래서 그들을 잠자코 지켜보았다. 그들이 유령에게만 주보를 주지 않자, 유령은 나무 그늘에서 나와 교회 정문으로 가 얼쩡거렸다. 이번에도 유령을 보지 못했는지 그들은 유령을 지나쳤다. 그것이 또 하나의 계시라고 생각한 유령은 투덜거리며 집으로 돌아왔다.

며칠 전 유령은 건강 검진을 받았다. 병원에서 검사 결과가 나왔다고 전화가 왔는데, 황반 변성이 의심된다며 유령에게 급히 검사를 받아보라고 했다. 유령은 너무 두려웠다. 눈에 관한 질병에 엄청난 공포가 있기 때문이었다. '왜 하필 눈이야…' 유령은 눈물을 뚝뚝 흘렸다. 늘 왜 하필 '하필'일까. '왜 하필'이라는 짧은 수식어는 인간의 삶을 수식하는 적격의 문구일 것이다.

나는 우리에게 불행을 예비하는 자들이 어떤 불행이 우리에게 가장 걸맞고 최적인지, 그러니까 어떤 불행을 줘야 우리가 제대로 무너질지를 어떻게 아는지 궁금하다. 최적의 불행에 관한 개인별 목록이라도 있는 것인가? 하늘에는 내면 스캔 장치 같은 게 있어서, 어떻게 해야 우리가 고꾸라지는지 다 아는 것일까? 이거 일종의 개인 정보 침해 아닌가?

그래서 이따금 나는 거래 기도를 한다. 일종의 협상을 체결하려는 목적으로 하는 기도인데 '그건 건드리지 마시고… 차라리 저에게 가난을 주십쇼'랄지 '그건 건드리지 마시고… 차라리 천식이 더 나빠지게 해 주세요'랄지 '그건 건드리지 마시고… 차라리 독방에 3개월간 가둬 두세요' 따위의 협상 기도이다. 내 정신이 허락하는 예산 범위 안에서 불행을 교환을 해보자는 외교 전략이다.

건드리면 죽을 단 하나의 급소, '절대 견디지 못할 불행 하나만 빼고 나머지는 괜찮으니 다른 걸 건드리십쇼'라고 말하는 불행 장사다. 이 불행을 내놓을 테니 다른 불행을 달라고, 내가 팔 수 있는 불행들을 장사판에 부려 놓고 골라 보라는 것이다.

황반 변성이 의심된다는 소식을 접한 유령은 거래 기도를 올렸다. '아… 차라리… 아 차라리….' 그러니까 왜 하필 눈이냐! 나는 단 한 번도 우리의 거래가 성사되는 모습을 본 적이 없다. '저에게서 사랑하는 사람을 데려가실 생각이라면 차라리 저의 간을 빼 가십쇼! 제발 그것만은… 으윽…' 하면 정확히 그것을 건드린다. 왜냐하면 이 기도를 통해 우리에게 가장 소중한 게 뭔지 알아냈으니 정확히 그것을 건드리는 것이다.

어쩌면 그들은 우리가 제시한 불행이 우리에게 충분한 불행이 아니라는 것을 알기 때문에 주지 않는 것인지도 모른다. 우리를 충분한 시련으로 몰아가지 않는 불행은 불행으로서 가치가 없기 때문인가. 왜냐하면 신은 우리에게 가장 좋은 것이 무엇인지 아는 유일한 존재인 만큼 우리에게 가장 나쁜 게 무엇인지도 잘 알기 때문인지도 모른다. 최상의 질을 보장하는 행복과 최상의 질을 보장하는 고통을 모두 구비하고 있는 것이다. 신은 화끈한 성격의 소유자여서 애매한 것은 주지 않고 늘 극단의 것만을 주는 듯하다. 우리가 거래에서 제시한 애매한 불행, 감당할 준비가 되어 있는 불행은 성에 차지 않는 것인가. 어떤 불행은 우리에게는 제값을 하지 못할 거라는 걸 알아서, 킵 해 두었다가 다른 자에게 넘겨주는 식이다. 일명 '불행 분배 시스템'이라는 것인데, 개인차를 고려해서, 불행이 제 가능성을 가장 크게 발휘할 수 있는 자에게 갈 수 있도록 자리를 배치하는 것이다.

다시 말해 신은 불행에 대한 안목이 뛰어나서 어떤 불행이 누구에게 주어져야 진가를 발휘할 수 있는지 아는 것이다. 신의 다른 이름은 보석 감정사, 아니 불행 감정사인지도 모른다….

그렇기 때문에 우리가 원하는 불행은 절대 안 준다.

추락한 교회 첨탑은 인명 피해를 초래하지 않았지만 인터넷 설비에 어떤 오류를 일으켰는지, 근방의 통신이 터지지 않았다. 그래서 주민들은 당분간 새로운 연락 방식 혹은 고전적인 연락 방식에 의지해야 했다. 가령 목청껏 부르기, 1층에서 "미진아, 나와서 놀자, 철수야 뭐 하니~" 하고 외치기, 편지 쓰기, 말 타고 소식 전하기, 넋 놓고 기다리기, 텔레파시 보내기 등 말이다.

화면 속 현장은 노란 안전줄로 인원을 통제하고 있었다. 곧이어 "하늘길 차질 결항 속출"이라는 다음 뉴스 타이틀이 화면 하단을 장식했다. 나는 첨탑이 날아간 교회에서 기도하는 모습을 상상해 보았다. 기도 중 문득 대가리가 시원해져서 몰래 눈을 뜨고 고개를 들어 위를 보았더니 지붕과 첨탑이 날아가 버려서, 터진 하늘이 보이는 그런 장면을.

춤

과

거울

운동화 한 켤레와 몇 년을 보냈다. 춤을 출 때는 이 운동화만 신는다. 그런데 운동화는 내 발보다 한 치수 작다. 버리기 아까워서 신다 보니 익숙해졌다. 맞지 않는데도 신다 보면 익숙해지는 게 신발이니까. 그런데 어느 날, 내 발에 꼭 맞는 신발을 만나면 그제야 '오랫동안 내 발이 불편하게 살았구나' 하고 깨닫는다.

〈그레이 아나토미〉에는 비슷한 일화가 나온다. 한 의사가 자신의 어렸을 적 이야기를 들려준다. 어느 날 안과에 갔는데 의사가 그녀에게 안경을 써야 한다고 말했다. 어린 그녀는 의 아했다. 눈이 잘 보이기 때문이었다. 의사의 권유대로 안경을 맞추고 집에 오는데 묘한 것을 보게 된다. 아주 오래전부터 집 울타리에 이상한 얼룩이 묻어 있다고 생각해 왔는데, 알고 보니 나뭇잎이었던 것이다. "그게 나뭇잎이었던 거야! 안경을 쓰기 전까지는 잘 보인다는 게 어떤 건지조차 알지 못한 채 살았던 거야, 7년을!" 정말 더 잘 보이는 세상을 만나면 그전 세상은 안 보이던 세상이 되나 보다. '리셋'되는 것이다. 불행하다고 믿으며 살았는데 그보다 격한 불행을 만나면 이전의 불행은 불행이 아닌 게 되고, 행복한 삶을 살고 있다가 더 격한 행복을 만나면 그 이전의 행복은 진정한 행복이 아닌 게 되는 건가?

내가 추는 춤은 힙합이다. 처음 춤을 추게 된 것은 우연히 알게 된 친구가 전직 댄서였기 때문이다. 그 친구가 작은 연습실을 운영해서 구경하러 갔다가 춤을 접하게 되었다. 그 이후로 여러 곳을 전전하다가 친구들을 사귀어 계속 춤을 추고 있다.

처음 춤을 출 때 가장 난감한 것은 거울이었다. 벽 전체가 거울인 공간은 적응하는 데 시간이 걸린다. 평소에도 거울을 자주 보지만 이렇게까지 나를 대놓고 관찰할 일은 드물었다. 연습실에서는 피하려고 해도 내 모습이 보인다. 시시각각 나의 얼굴과 표정, 몸, 내가 움직이는 모습을 필터 없이 바라보는 게 썩 유쾌한 일은 아니다. 그래서 초반에는 거울과 사이가 안 좋다. 안무를 잘 소화하지 못하는 모습, 실수하고 뒤처지는 나를 보는 것은 괴롭기 때문에 가능한 한 뒤에 서려고 한다. 그래서 춤의 첫 단계는 '나를 보는 일에 적응하기' '나를 보면서 너무 기분 더러워하지 않기'이다.

그러나 몇 달 뒤에는 거울과의 관계가 역전된다. 나는 나를 관찰하는 사람이 되기 시작한다. 심지어 그것을 즐긴다. 나는 넌더리가 날 때까지 나를 본다. 자신을 바라보는 일에 조금씩 자신감이 붙기 시작하는 것이다. 나는 거리낌 없이 나를 볼뿐더러 앞자리를 선점하기도 한다. 일종의 거울 쟁탈전이다. 거울 앞에서 몸서리를 치던 시기가 거울 1단계라면, 다음 단계는 '거울 중독기' 혹은 '거울 의존기'이다. 거울 없이는 춤을 추지 못하기 때문이다. 거울의 도움 없이 내 모습을 상상할 줄 모르므로. 춤을 춘 이래, 거울에 의지해서만 나를 봐 왔기 때문에 거울이 없는 공간에서는 안무가 엉망이 된다. 가령 팔을 돌리는 동작을 할 때, 각도가 얼마나 정확한지 거울이 알려 주지 않으면 잘 모른다. 거울 없이는 오로지 내 몸의 감각에 의지해서 나를 상상해야 하기 때문이다. 영상을 찍어 보면, 거울 앞에서 출 때와 거울 없이 출 때의 차이를 확인할 수 있다. 그래서 거울에서 시선을 떼야 하는 안무(고개를 떨구거나 뒤로 젖혔다가 앞으로 오는 등 시선과 관련된 동작들)는 어설프다. 거울에서 시선이 떨어지는 순간 불안해지기 때문이다.

다음 단계는 '거울 독립기'이다. 거울로부터 자립할 수 있던 때는 홍대에서 처음 공연을 할 때였다. 공연을 하기 2주 전부터 거울을 등지고 연습했다. 현장에서는 나를 비추는 거울, 내가 얼마나 잘하고 있는지 알려 주는 거울이 없기 때문이다. 팀원과 함께 무대에 서더라도 거울을 통해 친구들을 볼 수 없으니 안무를 커닝할 수도 없다. 그래서 무대에서는 모두가 혼자다.

처음으로 거울 없이 춤을 췄을 땐 난장판이었다. 동선이 꼬였고 안무도 더 자주 까먹었고, 대열의 대칭도 엉망이었다. 잘 보이던 내가 안 보이니 모든 게 헷갈렸다. 그렇게 불안과 함께 몇 주 연습하다 보면 감이 생기기 시작한다. 거울이 없는 데 내가 보이는 감. 마음의 작은 거울. 거울 없이도 비로소 자신을 볼 수 있는 것이다.

피로회복과

타로 보기 |

손의 의미

      피로회복은 내 친구의 이름이다. 그는 대학교 동창
이다. 얘는 걸을 때 나보다 빨리 걷는다. 허리에 검을 찬 사람
처럼 한 발짝 먼저 걸으며 주위를 살핀다. 그래서 얘랑 걸으
면 나는 양반인 것 같고 얘는 내 호위 병사 같다. 얘는 나를
편하게 한다. 대화를 나눌 때 말을 독점하지 않으며, 이야기
를 할 때에도 자기 이야기보다는 자신이 탐구한 상대방에 관
해 얘기한다. 타인이 나를 탐구하는 모습을 구경하는 것은 기
분이 좋다. 피로회복은 계속해서 나를 파악하려고 한다. 파악

하려고 하지만 실패하는 모습을 꾸준히 내게 보여 준다면 나는 기쁠 것이다. 피로회복은 요즘 좋아하는 사람이 생겼는데, 그녀가 피로회복에게 호감이 있다면, 그의 이런 모습들을 좋아할 거라는 생각이 들었다.

그런데 잘 안 풀리는 모양이다. 연락은 꾸준히 하는데, 만나자고 하면 그쪽에서 핑계를 대며 피한다는 것이다. 한편으로는 상대 쪽에서 이따금 뭐 하냐고 먼저 연락이 오기도 해서, 피로회복은 체념과 용기 사이, 아니 피로와 회복 사이에서 똥줄을 탄다.

"그 사람의 속마음이 뭘까?" 다크서클이 인중까지 내려온 피로회복이 물었다. "글쎄… 잘 모르겠다…. 연애라면 하나도 모르겠어. 특히 뭘 제일 모르겠냐면, 어찌하여 하루 종일 연락을 끊지 않고 할 수 있는지… 차라리 무전기를 사용하면 재미라도 있을 텐데…!" 내가 말하자 피로회복은 또 갸우뚱한 표정을 지었다.

피로회복은 그녀와 같은 회사를 다닌다. 회식 후 피로회복은 차로 그녀를 집에 데려다주게 되었다. 피로회복은 그녀의 집이 멀었으면 좋겠다고 생각했다. 아주아주 멀리 가고 싶었고 오래 데려다주고 싶었다. 그런데 그녀의 집은 회식 장소에서 15분도 안 되는 거리였다.

시끌벅적한 횟집에서 벗어난 둘은 비로소 둘만의 공간에 있게 되었다. 차는 벽을 보고 주차되어 있었다. 차 안의 빈약한 조명과 대다수의 어둠이 그들을 진정시켰다. 바로 앞에는 담벼락이 있어서 그들을 볼 사람은 없었고 벽에게만 잘 보이면 될 일이었다.

사실 피로회복의 가방에는 그녀에게 줄 초콜릿이 들어 있었다. 그런데 용기가 충분히 숙성되지 못한 상태였기 때문에 입을 닫았다. 테이블에 앉은 사람들에게 입가심하라며 초콜릿을 한 개씩 나눠 주는 방법도 생각했다. 그녀를 포함한 모두에게 초콜릿을 주면 준 용기만 내고 자신의 진심을 블러 처리할 수도 있었지만, 왠지 그러고 싶지 않았다. 한번쯤은 체질에 맞지 않는 용기를 내고 싶었다. 그 순간은 시작하기 어려운 어떤 첫 줄 같았다.

그러나 피로회복은 차 안에서 그녀에게 초콜릿을 주지 못했다. 대신 내게 주었다. 초콜릿이 한번 녹았다가 다시 굳어서 형체가 망가졌기 때문이었다. 나는 초콜릿을 감사히 받아먹으며 피로회복에게 타로나 보러 가는 게 어떠냐고 물었다. 우리는 멕시코 음식을 먹다가, 가장 가까운 타로집을 검색해 찾아갔다.

가는 길에 피로회복이 희미하게 웃으며, 그녀가 자신의 손을 잡은 적이 있다고 실토했다. 나는 무릎을 탁 치며 "게임 끝났네~" 하고 말했다. 그녀에게 복사한 서류를 건네줘야 했는데 피로회복은 그녀를 지나쳤고, 뒤에서 그녀가 그의 손을 잡아 멈추게 하고는 "여기!"라고 말했다는 것이다.

"손이잖아, 손!" 피로회복이 말했다. "맞아. 팔뚝을 잡은 것도 아니고 손을 잡았다니… 둘 다 똑같은 몸인데 왜 손에는 의미를 부여하게 되는 거지…?" "그냥 손목이나 팔뚝을 잡아 세우려고 했는데, 실수로 손을 잡은 것 같기도 해…" 피로회복이 다시 체념했다. "겁쟁이는 행복마저도 두려워하는 법입니다. 솜방망이에도 상처를 입는 것입니다…" 나는 《인간실격》의 한 구절을 읊어 주었다.

우리는 타로집에 도착했다. 한 남자가 마법사 방에서 나오며 우리를 반겼다. 질문 한 개당 5천 원이었고 종합 질문은 3만 원이랬다. 종합 질문은 제한된 시간 동안 질문을 원하는 만큼 던질 수 있다고 했다.

"너는 내 삶에 격려가 될까?"

내가 던진 첫 번째 타로 질문이었다.

피로회복과

타로 보기 2

연애 서민

　　"너는 내 삶에 격려가 될까?" 나는 타로사에게 물었다. "저요…?" 타로사가 눈알을 굴리며 물었다. "아뇨, 제 썸남이요. 썸남과의 이번 달 운세. 상대방의 속마음을 알려 주세요."

타로를 볼 때는 정신을 똑바로 차려야 한다. 질문을 한 개(한 개당 5천 원이다) 던진 것 같은데, 어느새 타로사가 "지금까지 질문 세 개 하셨고요~" 하고 뒤늦게 알려 주기 때문이다. 카드를 뽑으라고 할 때마다 아무 생각 없이 뽑으면 지갑이 털리는 것이다.

타로사는 피로회복과 나를 고등학생쯤으로 보는 눈치였다. 우리는 추리닝 차림이었고, 피로회복이 특히나 동안이었기 때문이다. 차려 입은 옷과 상대방의 시력 저하 현상 그리고 침침한 조명, 아지랑이, 공기 왜곡 현상 등 여러 조건이 맞아떨어지면 때에 따라 우리도 고등학생으로 보일 수 있는 것이다.

피로회복이 팔꿈치로 나를 툭 쳤다. '웬 썸남?' 하는 표정이었다. 존재하지 않는 나의 썸남이 어떤 사람인지 궁금해서 타로를 보는 거라고 나는 눈동자로 말했다. 타로사는 나를 상징하는 카드와 상대방을 상징하는 카드를 손가락으로 짚었다.

"혹시… 상대방이 연하인가요?" 타로사가 깍지를 끼며 기대했다. "저는 그 사람을 잘 모르는데…" 내가 말하자 "걔 2학년 4반이라며" 하고 피로회복이 끼어들었다. 타로사가 "너네 학교 안 가고 여기 왜 왔어. 땡땡이쳤구나!"라며 기뻐했다. 우리는 상대방이 우리에게서 보고자 하는 것을 연기하는 경향이 있기 때문에 고등학생인 척했다.

카드에는 말이 한 마리 그려져 있었다. 말의 안장에는 천진난만한 남자아이가 앉아 있었다. 타로사는 그 사람이 상대방을 의미하는 것이라고 했다. 그리고 내 카드는 눈썹이 진한 여자가 긴 칼을 X자로 들고 있는 그림이었다. 타로사의 해석에 따르면, 이 2학년 4반 연하남은 나에게 벽과 거리감을 느끼고 있었다. 나는 아홉 개의 컵이 허공에 두둥실 떠다니는 카드도 함께 뽑았는데, 여기서 컵은 망상을 의미했다. 나의 문제는 생각이 너무 많다는 것이었다. 타로사가 조언 카드를 뽑으니 물이 나왔다. 주전자에 담긴 물을 쏟고 있는 여자 그림이었는데, 상대방에게 마음을 쏟고 경계를 풀라는 의미였다. 그리고 (어디에 두 번째라는 단서가 있는지 모르겠는데) 다음번에 만날 때는 참고, 그다음 두 번째로 만날 때 상대에게 마음을 표현해야 한다는 것이었다.

어찌하다 보니 질문을 세 개나 한 꼴이 되어서 지갑을 열면서 "급식비가…" 하며 연민을 구해 봤으나 1만 5천 원을 뜯겼다. 피로회복이 뽑은 카드는 말을 탄 기사가 서쪽 동산으로 향하고 있는 그림('King Of Pentacle' 카드)과 어떤 기사 그림이었다. 기사 그림 카드에는 'page'라고 쓰여 있었는데, 타로사는 그 카드가 '서민'을 의미하는 단어라고 했다. 타로사의 해석에

따르면 피로회복은 연애 서민이고 상대방은 연애 부르주아
였다. 피로회복은 비대칭적인 권력 구도를 뜻하는 두 장의 카
드를 무시할 수 없었다. 순간, 그는 자신이 어떤 기대를 품었
다는 사실을 상대방이 역겹게 생각할까 두려워졌다. 그리고
사랑은 내가 타인에게 역겨워질 매 순간에 대응, 반발하며 자
신의 내면을 지혈하는 일련의 과정이라는 생각이 들자 모든
걸 놓아 버리고 싶었다.

타로를 보고 며칠 뒤, 피로회복과 그녀는 데이트를 하게 된
다. 그녀에게서 먼저 연락이 온 것이다. 둘은 영화를 봤는데,
그녀가 매우 지루해했다. 그리고 다음 날, 피로회복은 그녀에
게 책을 한 권 빌려준다. 그 책을 주며 작가에 관해, 그 책의
문학적 가치에 대해, 그리고 작가의 후속작(은 별로였다고 덧붙
였다)에 관해 친절하게 지껄였고 그녀는 책을 감사히 받으며
"고마워요. 읽어 볼게요" 하고 말했다. 다음 날, 피로회복은
기대하며 출근했고 그녀에게 "읽어 봤어요? 읽었어요? 어땠나
요? 너무 좋죠?" 하고 세 번이나 물어보았다.

타로를 본 날, 피로회복이 뽑은 조언 카드의 내용은 '당신은
연애 서민이기 때문에 본인의 판단을 믿지 말고 주변 사람들,

친구의 조언을 귀담아듣고 실행하라'였다. 책을 빌려주었다
는 사실을 알았다면, 읽었냐고 추궁하지 않도록 친구인 내가
따뜻하게 조언해 주었을 텐데!

책을 빌려준 다다음 날, 피로회복은 그녀의 책상 아래 자신이
선물한 책이 떨어져 있는 것을 목격했다. 엎어져 있는 그 책
의 자세를 피로회복은 유심히 바라보지 않을 수 없었다. 그는
용기를 끌어내 그 책이 왜 책상 아래에 떨어져 있는지 그녀에
게 따지기로 결심한다.

피로회복과

타로 보기 3

불행 바브

　　그녀가 회의를 하러 들어갔을 때, 피로회복은 책상 아래 떨어져 있는 책을 주웠다. 그는 떨어진 책에 관해 두 가지 해석이 가능하다고 생각했다.

　1. 그녀가 책을 읽다가 떨어뜨렸다.
　2. 책을 집에 가져가지도 않았고 읽지도 않았다.

피로회복은 그대로 책을 주워 펼쳐진 장을 읽었다. 그 장에는

"세상에는 바보가 많은데, 가장 고상한 바보는 불행을 연습하는 바보다"라는 구절이 있었다.

그녀가 돌아오자 피로회복은 책을 건네주며 "바다에 떨어져 있더라고요" 하고 굳이 말했다. 실망의 기색을 읽은 그녀가 피로회복을 달래 주었다. "오늘 읽어 보려고요." 피로회복은 그 말에 미묘하게 상처를 받았지만 동시에 희망도 챙겼다. "처음엔 읽기 조금 어려울 수 있는데, 뒤로 갈수록 재미있어요. 어려우시면 해석을 참고해 보셔도 좋아요." 그는 무익하다 못해 유해한 조언을 던졌다. 그리고 다음 날까지 기다렸다.

타로를 보던 날, 피로회복은 하반기 연애 운에 관해 물었고, 타로사는 10, 11, 12월의 연애 운을 점쳤다. 10월에 해당하는 카드는 'LOVERS' 카드였다. 카드 아래에는 과연 'LOVERS' 라고 적혀 있었고, 세 명의 사람들이 계곡에서 요염한 자세로 놀고 있었다. "세 명…! 쓰리썸인가요?" 내가 눈을 빛내며 묻자, 타로사가 무시하며 "10월에 주위를 둘러보세요. 진지한 사랑이 찾아올 거예요"라고 피로회복에게 말했다. 반면 피로회복은 11월과 12월 카드를 손가락으로 가리켰다. 심장에 칼이 꽂힌 카드와 칼 여러 개가 허공을 날아다니는 카드였기 때문이다. 타로사는, 10월에 사랑이 이루어지면 11월과 12월의 '심장 칼 꽂힘 운명'은 리셋된다고 그를 위로했다. "타로는 현재 상황에 따라 얼마든지 바뀌거든요." 타로사는 잘 빠져나가며 피로회복이 듣고 싶은 말을 해 주었다. "그래서 카드 속 세 명은 정확히 누구를 뜻하는 거죠?" 내가 예리한 질문을 던지자 "어쨌든, 지금 썸 타고 있는 분과 잘 될 확률도 있지만, 놓아준다면, 10월에 더 좋은 인연이 나타날 거예요. 그 사람을 꼭 잡으세요"라고 말했다.

다음 날, 피로회복은 출근하자마자 그녀의 책상 아래 책이 또 떨어져 있는 것을 발견했다. 이번엔 확실히 집에 가져가지 않은 것이다. 피로회복과 통화를 하면서 나는 "책이 한 번 떨어지면 우연이고 두 번 떨어지면 읽히고 싶지 않다는 책의 의지이며 세 번 떨어지면 지진이 난 것이므로 피신을 하는 것이 좋아"라고 말했다. 피로회복은 책이 세 번 떨어질까 봐 몹시 두려워했다.

"그래서 또 네가 주웠어?" 내가 물었다. "응… 왜 자꾸 책을 떨어뜨리느냐고 했더니 화내더라." 피로회복이 훌쩍였다. "그게 어제야?" "응…." 피로회복은 그녀가 화낸 게 어제였다는 사실이 아주 멀게 느껴질 만큼 그녀에 대한 심리적 거리를 느꼈다.

처음엔 그녀가 떨어진 책을 발견할 때까지 기다려 보기로 했다. 그녀는 컴퓨터로 엑셀 파일을 정리하다가 메모지에 이것저것을 끄적였다. 늘 다른 일에 정신이 팔려 있는 것 같았는데 그 사실이 그로 하여금 그녀의 환심을 사고 싶게 만들곤 했다. "정말 좋은데, 그 책. 안 그래요?" 피로회복이 그녀에게 다가가 물었다. 2초의 정적이 흘렀다. 그녀가 그를 올려다보았다.

"죄송한데요, 이거 본인이 쓰신 거 아니잖아요."
"네…? 당연하죠…."
"왜 당신은 당신이 아닌 것으로 자신을 알리려고 하세요?"

그 말에 피로회복은 충격을 받았고 항의하고 싶다는 충동과 동시에 엄청난 비참함이 몰려왔다. 그는 화장실로 도망갔는데 거울 속엔 오른쪽에서 보고 왼쪽에서 봐도 바보인 사람이 서 있었다.

여기서 피로회복이 모르는 장면이 하나 있다. 그녀가 처음 책을 떨어뜨린 경위는 다음과 같다. 그녀는 점심시간에 홀로 사무실을 지켰다. 비가 와서 그런지 그날따라 입맛이 없었기 때문이다. 그녀는 휴대폰으로 글로리아 로잉Gloria Laing의 〈Why can't I have you〉를 틀어 놓고 책상에 한쪽 귀를 대고 얼굴을 뉘었다. 피로회복이 선물한 책이 눈에 들어왔다. 책으로 손을 가져가는 순간 어떤 소리가 들렸다. 기타 연주였다.

'위층이나 아래층에서 나는 소리인가? 누가 점심시간에 기타를 연주하는 거지?' 그녀는 소리에 귀를 기울였다. 그 기타 소리가 자신의 휴대폰에서 흘러나오는 곡과 너무 잘 어울려서 놀랐다. 좀 더 들어 보니, 그 소리는 휴대폰에서 흘러나오는 곡의 배경 기타음이었다. 그 곡은 유튜브에만 있기 때문에 반복 재생되지 않고, 간간이 광고도 봐야 들을 수 있었다. 그럼에도 그녀는 그 곡에 빠져 있어서, 번거로움을 감수하고도 퇴근 후 맥주와 함께 무한 반복해 그 곡을 듣다가 잠들곤 했다. 그렇지만 기타 소리를 인지한 적은 없었다. 라이브가 아닌 이상 잘 들리지 않는 소리였지만 책상을 타고 들으니 크게 들렸던 것이다.

책상을 통해 전달되는 진동 때문에 기타의 현을 뜯는 질감이 느껴질 지경이었다. '직접 들으면 들리지 않고 간접적으로 들어야만 제대로 들을 수 있는 곡이군…' 그녀는 생각했다. 그때, 책상 모서리에 걸쳐 있던 책이 땅으로 떨어졌다. 그런데 그 소리는 기타 소리에 파묻혀서 그녀가 알아차리지 못했으며 알았더라도, 책이 땅에 떨어지는 소리가 기타 연주와 잘 어울렸으므로 그대로 내버려 두었을 것이다.

일주일 뒤, 피로회복에게서 전화 한 통이 왔다. 소문에 따르면 그녀는 오랫동안 사귀던 애인과 헤어진 지 얼마 되지 않았다고 한다. 그 사람은 지루함을 견디지 못하는 인간이었는데 오직 그녀와 있을 때만 즐거워했다고 한다. 그런데 두 달 전 그는 사과를 깎다가 심장마비로 죽었다. 사과를 깎는 일과 심장마비의 상관관계에 대해 아무도 명쾌한 설명을 내놓지 못했으며, 그녀는 여전히 그 일에 관해 탐구 중인지도 모를 일이다. 피로회복은 사람들이 그녀에 관해 말하는 이야기를 잠자코 들었다. 잠깐이었지만 그는 그녀의 슬픔을 헤아려 보는 호사를 누려 볼 수 있었다. 늘 이딴 식이다. 모두가 바보인 것이다.

이거 먹어

주세요,

저거 먹어

주세요

　　영화를 보거나 책을 읽는 것은 숙면에 이롭지 않
다. 자꾸 사람 생각이 나기 때문에. 잠들기 전에는 차라리 동
물이 되려 한다. 꾸벅꾸벅 조는 닭이나 나뭇가지에 걸쳐진 나
무늘보, 물속의 넓적한 고래가 되어 본다. 인간의 언어로 된
혼잣말을 삼가고 고양이처럼 갸르릉거린다.

그러다가 냉장고를 뒤져 야식을 먹고, 그 모습을 영상에 담는
다. 어쩌다 브이로그를 시작했느냐는 질문에 "내가 잘 먹고

잘 살고 있다는 모습을 내 자신에게 보여 주려고 시작했다"
고 대답하곤 했다. 그래도 잠이 안 오면 유튜브 먹방을 본다.
유튜버 언니가 적을 해치우듯 몇십 개씩 쉑쉑버거를 먹어 준
다. 내가 누군가에게 반하는 순간 중 하나는 다 먹지 못하고
남긴 음식을 먹어 줄 때다.

중학교 시절, 내 옆에 앉은 것도 아닌데 다가와서 "너 안 먹지,
내가 먹는다!" 하고는 식판을 바꿔 가져가는 애가 있었다. 못
먹는 음식투성이었는데 갑자기 텅 빈 식탁이 짠! 하고 나타났
다. "해결사세요?" 나는 물었다.

나는 급식을 어려워하는 아이였다. 급식의 전 단계인 우유 먹
는 시간도 마찬가지였다. 쉬는 시간에 우유를 들고 "먹어 주
실 분…" 하고 동냥하러 돌아다니는 아이였다. 초등학생 때
는 조별로 다 먹은 우유를 모아야 했다. 한 명이 다 먹은 우
유로 빈 상자를 만들고, 나머지 애들은 우유갑을 납작하게
접어서 그 상자에 넣은 다음 담임 선생님에게 검사를 받았는
데, 나 때문에 우리 조만 별 스티커를 받지 못하곤 했다. 가끔
은 누가 먹어 주기도 했지만, 마지막 남은 몇 방울 때문에 우
유가 흘러서 눈총을 받기 일쑤였다.

더 두려운 건 식판 검사를 받는 급식 시간이었는데, 이때는 단체전이 아니라 개인전이었다. 깨끗이 비운 급식판을 들고 담임 선생님에게 가면, 선생님이 본인이 먹던 순갈로 식판을 치며 "통과!" 하고 말했다. 조별 과제였던 우유 먹기와 달리 급식은 혼자서 해내야 했다. 위가 울렁거리고 속이 답답했다.

나는 밥 빼고는 먹을 줄 몰랐다. 나는 쉬운 음식만 좋아했다. 내게 음식은 맛있는 음식과 맛없는 음식으로 나뉘지 않고 쉬운 음식과 어려운 음식으로 나뉘었다. 흰밥과 빵을 제외한 모든 음식은 어려운 음식에 속했다. 반찬이나 토핑은 난해하게 느껴졌다.

그래서 급식을 받을 때(당시에는 학부모가 급식을 하러 왔다) "저… 조금만 덜어주세요" 하고 빌곤 했다. 그게 버릇이 되어서 '이건 너무 많잖아. 조금만 덜어줍쇼' 하면서 살게 된 건가. 그런데 덜어 달라고 말하면 급식 아주머니는 "넌 좀 더 많이 먹어야겠다" 하고 오히려 반찬을 푸짐하게 퍼서 주셨다. 애들이 축구하러 나가서 노는 시간에, 그리고 급식 당번인 학부모들이 급식대를 치우는 순간까지 나는 홀로 교실을 지켰고 먹을 수 없는 음식과 눈싸움을 했다. 그러다 등을 맞았다. "어휴, 됐다. 그만 먹어!" 급식 치우는 학부모나 담임 선생님이 내게 소리쳤다.

하지만 나는 등 맞는 건 잘 견뎠다. 유치원에서도 밥을 안 먹어서 자주 맞았기 때문에. 등을 맞는 건 하나도 안 무서웠다. 맞으면 뭔가 힘든 게 끝났다는 신호 같아서 좋았다. 등을 맞을 때는 가슴이 앞으로 탁 튕기는데 그때 희미하고 짧은 자기 연민의 시간이 지나간다. 뺨을 맞으면 상대방을 째려보면 되는데 등을 맞으면 내 앞의, 해결되지 못한 급식판을 보게 된다. '그래. 내가 이것 때문에 맞았구나… 다 내 탓이오…' 하고 생각하게 된다. 등을 맞아서 튕겨 나간 몸과 급식판이 부딪혀 책상에 국이 흐르면 휴지로 닦았다. '될 대로 되라…'식으로 시간을 견디다 보면 끝나는 것이다. 그래서 맷집이 세진 건가.

먹방은 재미있다. 유튜버는 식탁 한가득 음식을 차려 놓고 음식을 먹는다. 그리고 사람들은 그 모습을 구경한다. 남이 먹는 걸 구경한다니. 아무리 생각해도 이상해. 사람들은 실시간으로 "불닭볶음면 한 입 먹어 주세요" "팬케이크에 누텔라 발라서 먹어 주세요" 같은 댓글을 단다. 그들은 시청자들이 먹어 달라는 것과 먹어 달라는 방식을 고려해서 먹는다. 이거 먹어 주세요. 저거 먹어 주세요. 다 못 먹겠어요, 그러니까 당신이 다 먹으세요. 짠! 빈 그릇을 보여 주세요. 음식을 못 먹는 아이들은 밤에 잠이 오지 않고 그래서 다들 방송을 켜는 걸까.

대학 진로를 결정할 때, 음식을 못 먹는 아이들을 위한 일을 하고 싶었다. 교육학과에 진학했던 18가지 이유 중 하나였다. 뭔가를 먹지 못해서 맞는 아이들이 없었으면 좋겠다고.

네가 가진 게

나밖에 없다면, 너는

가난뱅이일 것이다

침대에 누워 영국 드라마 〈킬링 이브〉를 보며 밤을 새웠다. 한국계 캐나다 배우 산다라 오를 좋아해서 보기 시작했는데 상대역인 영국 리버풀 출신 배우 조디 코머에게 빠졌다. 이 작품에서 조디 코머(빌라넬)는 여성 암살범으로, 산다라 오(이브)는 영국 정보부 요원으로 등장한다. 〈킬링 이브〉는 어떻게 해서 사랑이 한 인간을 약하게 만드는지 긴 시간에 걸쳐 보여 준다. 흥미로운 부분은 빌라넬이 구애하는 장면이다. 누군가에게 좋아한다고 다 불어 버리는 것, '될 대로 되라'식 구애. 반대로, 사랑의 전쟁터에서 위험을 감수하거나 생명의 일부를 배팅하지 않는 대신 얻을 수 있는 것은 뭐지? 된장 같은 마음의 평화뿐이다.

된장 같은 마음의 평화…. 이것만 포기하면 내 인생이 좀 더 스펙터클해질지도 모른다.

한번은 강원도 원주에서 열리는 북토크에 참여했다. 거리에 사람이 없었다. 지붕은 낮고 하늘은 높았다. 칙칙한 거리에 반짝이는 작은 서점이 있었다. 책방 틔움이었다. 덜컹거리는 기찻길 옆에 놓인 인형의 집 같았다. 어디선가 사람들이 하나둘씩 찾아왔다. 어둠이 지자 책방 틔움은 주황색으로 빛나는, 거리의 작은 조명이 되었다. 나를 보러 온 사람들보다는 책방 틔움의 단골분들이 많은 것 같았다. 연령대가 다양해서 온 세대가 모인 모임 같았다. 서점에서 내준 참외도 한몫했다.

원주에서는 사회자가 대담 형식으로 북토크를 진행했다. 그중, 기억나는 질문은 '나에게 친구란 무엇인가?'였다. 친구라는 말 때문에 에르베 기베르의 소설《내 삶을 구하지 못한 친구에게》가 떠올랐다. 이 제목에 왜 그렇게 끌렸던 걸까. '네 삶을 구해 줄게'라고 말하는 것보다 '네 삶을 구하지는 못하지만'이라고 말하는 쪽에 더 믿음이 가서인가? 사랑을 잃으면 삶이 무너지지만 친구와 손절했다고 해서 삶이 무너지지는 않아서인가. 사랑은 무너짐의 영역이지만 우정은 아닌지도 모른다. 그래서 좋은지도 모른다. 삶을 구할 수 있는 존재는 반대로 삶을 무너뜨릴 수도 있으니까. 반대로 내 삶을 구원할 수 없는 존재는 내 삶을 무너뜨릴 수도 없을 테니까. 친구의 정의가 이승 개똥밭을 같이 구르는 인간이라면 애인의 정의는 나로 하여금 이승 개똥밭을 구르게 하는 존재라고….

빌라넬은 이브에게 "항상 생각한단 말이야!"라고 마음의 평화를 포기하고 외친다. 마침 영월 인디문학 1호점 서점 주인이 준 작은 카드에는 "나는 겁이 많아 사랑에 빠질 때조차 구명조끼를 챙겨 입었다"라고 적혀 있었다. 구명조끼, 하니 방탄조끼가 덩달아 떠오른다. 〈킬링 이브〉에서 탐정 이브는 암살범 빌라넬을 맞이할 준비를 한다. 사람들은 이브에게 방탄조끼를 입힌다. 그녀는 암살범을 기다리는 내내 방탄조끼를 불편해한다. 꽉 껴서 불편해하는 것 같지만, 사실은 패션이 안 살아서이다. 그녀는 전신 거울 앞에 서서 자신의 모습을 들여다보더니 실망스러운 얼굴을 한다. 나를 사랑하기 때문에 나를 무너뜨릴 수도 있는 인간을 만나는데 방탄조끼를 입는 건 영… 각이 안 사는 것이다.

이브는 빌라넬을 맞이하기 직전, 다짐하듯 방탄조끼를 벗어젖힌다. 총에 맞아 죽을지언정 사랑에 배팅해 보는 것이다. 다 걸어 보는 것이다. 그녀는 민소매 하나만 걸친 채 암살범 빌라넬에게 문을 열어 준다. 죽이건 말건 일단 사랑스럽게 보이고 싶기 때문에.

"난 너뿐이야!"

누군가 내게 이렇게 말한다면 "가진 게 그것밖에 없으면 어떡해! '나'는 나한테도 있단 말이야…" 하고 나는 비명을 내지를지도 모른다.

그러는 나는 사랑하는 인간을 만나러 갈 때 구명조끼를, 방탄조끼를 벗어던질 수 있는 사람인가?

북토크를 마치고 사람들과 음식을 먹으며 얘기를 나누었는데, 한 할머니가 내 옆에 계속 붙어 계셨다. 할머니는 나에게 책에서 인상 깊게 읽은 부분을 펼쳐서 보여 주었다. 자그만 고양이 얼굴이 그려진 포스트잇이 붙어 있었다. 한 문단에 밑줄이 좍좍 그어져 있었다. 책의 마지막 부분이어서, "벌써 다 읽으신 건가요 아니면 뒤에서부터 읽으신 건가요?" 하고 물으니 그녀가 웃었다. 그녀가 참외를 먹다가 말했다. "책을 읽어 보니, 당신은 따뜻하지만 마지막에 냉소를 남기는 것 같아요." 나는 참외를 하나 더 집어먹으며 "그런 것 같아요… 정말 그러네요!"라고 답했다.

AM 4 : 15

타
존
감

이름 스스로

짓는 이름

　　새벽 3시다. 잠이 오지 않아서 소포를 풀었다. 소
포에는 빳빳하고 푸른 종이 3백여 장이 들어 있다. 다음에 나
올 시집의 면지이다. 이 3백여 장에 사인을 하고 편집자에게
보내면 곧 책으로 묶여 나온다. 새벽 2시. 좋아하는 음악을
틀어 놓고 오랜만에 불면에 좋다는 촛불을 켜고 유령처럼 앉
아 사인을 했다. 새벽 4시. 내 이름을 3백 번 정도 쓰자 게슈
탈트 붕괴 현상이 일어나기 시작했다. 위키백과에 따르면 게
슈탈트 붕괴는 어떤 단어를 반복하여 되뇌다 보면 일시적으

로 단어의 의미를 잊어버리고 생소하게 느끼게 되는 현상을 말한다.

'문보영? 문…보…영? 그게 뭐지? 내 이름이 문보영이 맞나?'

문득 내 이름이 낯설고 기이하게 느껴졌다. 그래서 맞춤법 검사기에 내 이름을 돌려 봤다. "사전에 없거나 표준어가 아닙니다"라는 문구가 떴다. 나도 알아. 내가 표준어가 아니라는 것쯤은…. 맞춤법 검사기는 다른 추천 문구를 제시했다.

"문보 형님
문보 영원
양은 문보
역은 문고…."
("문보 형님' 정도로 합의보시는 건 어떨지…' 하고 검사기는 제안하는 듯했다.)

그렇다면 문보란 무엇인가? 문보라는 단어가 실제로 있나? 사전에 문보를 검색해 보니 두 가지 뜻이 나왔다. 하나는 "문에 치는 천"으로 '커튼'의 북한어였고 다른 하나는 조선 시대에, 지방에서 수령에게 올리던 일종의 보고서였다. 그러니까 나는 천이거나 보고서인데, 어떤 각도에서 보나 인간은 아닌 것이다. 다시 사인을 하는데 게슈탈트 붕괴 현상이 가시질 않아서 다른 종이에 크게 '문보영'이라고 쓰고 내 이름이 헷갈리고 의심스러울 때마다 보고 베껴 썼다.

내가 내 이름과 씨름하는 새벽 4시 어김없이 흡연구역에게서 전화가 왔다.

"뭐 하고 있어?"
"똥 싸고 있어."
"잘했어! 그건 칭찬받을 만한 일이다!"
"내 이름이 뭐야?"
"이런 새벽에 그런 존재론적인 문제라니…."

흡연구역과 통화를 하고서 친구들의 이름을 맞춤법 검사기에 돌려 봤다.

"맞춤법에 어긋난 단어가 없습니다."

나는 소외감을 느꼈다. 심지어 맞춤법 검사기에서 보기 드문 파란색 문장이었다. 검사기에서 파란색은 오류가 없음을 암시하는 색이다. 나는 친구들의 이름을 중얼거려 보았다. 그런데 불현듯 친구들의 이름까지 낯설게 느껴졌다. 일기장을 펼쳐 친구들의 이름을 적어 봤다. '인력거' '흡연구역' '유령' '정강이' '말씹러' … 다 이상해 보였다.

이따금 내 책에 등장하는 친구들의 이름은 어떻게 짓느냐는 질문을 받곤 한다. 정작 친구들은 나에게 자신의 이름이 왜 인력거인지, 흡연구역인지, 유령인지 물어보지 않는다. 물론 이따금 친구들이 개명 서류를 들고 찾아오기도 한다. 조금 더 근사하고 아름다운 이름을 가지고 말이다. 가령, 가을 자전거, 발가락 공주, 달리아 따위의… 친구들의 의견을 반영해 새로운 이름으로 일기를 써 본다. 그런데 글이 막힌다. 이제 와서 인력거를 달리아라고 부를 수 없고 흡연구역을 가을 자전거라고 부를 수는 없는 것이다. 누군가를 너무 오랫동안 같은 이름으로 부르면 그 사람은 그 이름이 되어 버리기 때문인가. 이름에 그 사람이 너무 많이 묻어 다른 이름으로 부를 수 없게 되나 보다.

인뎌거

유령

말씹러

흡연구역

정강이

사실 어떻게 해서 친구들의 이름을 지었는지 잘 기억이 나지 않는다. 우유를 언제 처음 마셨는지 기억나지 않는 것처럼. 블로그에 친구들에 관해 쓸 때 실명을 쓸 수 없어서 임시로 아무 이름을 붙여 놓고 계속 부르다 보니 그게 그 사람의 이름이 되고 말았다. 어쨌거나 뚜렷한 이유에 근거해 이름을 달았던 적은 없었다. 친구 중에 본명이 성실이란 애가 있는데, 걔는 내가 본 인간 중에 가장 불성실하다. 이름에 대한 반발심으로 살아가는 것인지. 그래서 이름에는 의미가 없을수록 좋은 건지도 모른다. 그 의미에 저항하게 될지도 모르니까.

그렇다면 문보영은? 문장으로 풀어 보면, 문을 본다. 문이 보인다, 정도로 해석할 수 있다. 문만 보면 열고 나가고 싶어 해서다. 문만 보면 열고 싶음, 문을 박차고 나가고 싶어 하는 경향이 있음. 가령, 카톡 단톡방에만 초대되면 문을 따고 나가서 문보영이 되었다고.

그런데 이유 없이 붙인 이름에서 친구들이 스스로 의미를 찾아낼 때 문득 뿌듯해진다. 흡연구역과 그녀의 친구를 만난 적이 있다. 그 친구가 흡연구역에게 "너는 왜 흡연구역이야?" 하고 물었는데 흡연구역이 "아, 내가 대학생 때 골초였거든" 하고 말했다. 그때 처음으로 흡연구역이 흡연자라는 사실을 알았다. "정말?" "그래서 나를 흡연구역이라고 부른 거 아니었어?" "난 네가 담배 피우는 줄 몰랐어…" "그러면 왜 흡연구역이냐?" "그건 나도 모르지." 인력거도 마찬가지다. "당신은 어쩌다가 인력거가 되었나요?" 하고 물으면 인력거는 "제가 이곳저곳 잘 돌아다니거든요." 이렇게 대답한다. 나는 놀라서 묻는다. "정말? 너 집순이 아니었어?" "무슨 소리야 내가 얼마나 동서남북 잘 쏘다니는데." "허허." 나는 웃는다. 인간들이 내가 붙여 준 이름에서 자기 자신을 찾아낸다. 이름에 대한 대답을 스스로 만들어 낸다. 그리고 나는 그들이 그렇게 하도록 내버려 둔다.

아프다는

말은 빼먹는 데다가

겁쟁이에요

오랜만에 엄마와 한의원에 갔다. 나는 한약을 좋아한다. 독약같이 생겼는데 마셔도 안 죽는다는 점에서.

"날 마셔. 난 독약이야."

그런데 알고 보니 나를 건강하게 해 주는 '츤데레' 한약.

진료실에 1인용 침대가 있었다. 엄마가 눕자 침대가 천천히 올라갔다. 엄마가 높은 침대에 누워 있으니 기분이 이상했다. 서양에서는 장례식 때 관 뚜껑을 열어 놓고 식을 거행하던데 우리나라는 장례식장에 가도 죽은 사람을 볼 수 없다. 죽은 이를 위한 행사인데 그 사람만 빼고 다 있다. 왜 완벽한 마지막 모습을 보지 못하게 하는 거지?

뭐가 더 좋을까? 죽은 사람을 숨겨 두는 것과, 보이는 곳에 두는 것 중에.

매우 드물지만, 장례식 도중 관에 있던 시체가 깨어난 사례도 있다고 한다. 장례식을 다 치르기 전까지는 관 뚜껑을 열어 두는 게 낫지 않을까? 내가 죽었을 때, 관 뚜껑을 닫았는데 3시간 뒤에 깨어나게 될까 봐 걱정된다. 그럴 때를 대비해서 시체를 묻을 때 관 속에 비상용 휴대폰을 하나씩 넣어 주면 좋을 것이다. 얼떨결에 살아난 이들이 전화를 걸어 도움을 요청할 수 있도록. 그런데 의외로 관 속이 아늑해서 휴대폰이 있는데도 외부에 알리고 싶지 않을지도 모른다.

죽으면 나와 함께 뭘 묻어 달라고 할까? 이 목록을 작성해 나가는 게 삶인지도 모른다. 일단 휴대폰과⋯ 돼지 인형 말씹러

사진과…. 별로 떠오르는 게 없다.

침대 위에 가지런히 누워 있는 엄마를 보니 자꾸 열려 있는 관이 생각났다. 엄마가 죽으면 나는 무너질 것이다. 엄마는 폐쇄공포증이 있기 때문에 관에 넣고 싶지 않다. 화장해서 제주도 바다에 뿌려야지.

한의사는 엄마에게 똥은 잘 싸는지, 잠은 잘 자는지, 어떤 음식을 먹었을 때 소화가 잘 안 되는지 등을 물었다. 엄마는 묻는 대로 다 불었다. 한의사는 이번에는 나에게 침대에 누우라고 하더니 같은 질문을 했다. 의자에 앉아서 상대방의 질문에 대답하는 것과, 침대에 누운 채 천장을 바라보며 대답을 하는 것은 달랐다. 뇌를 눕혀서 그런지 묻는 대로 술술 불게 된다. 최면에 걸린 것처럼. 앞으로 누군가의 진심이 궁금할 때는 눕힌 채 물어봐야겠다.

example

• 너 똥은 잘 싸니?
→ 상대방은 똥에 관한 진심을 말해 줄 것이다.

한의사는 내 목덜미를 세게 눌러 댔다. 무척 아팠다. "안 아파요?" 하고 물었다. 그는 내가 아프다고 내 입으로 말할 때까지 주무를 작정이다가 손을 든 것 같았다. 아픈 내색을 안 하는 게 이상해 보였나 보다. "왜 그만하라고 안 하세요? 아프면 아프다고 하면 되는데…" 한의사가 날린 그 말이 내 뇌에 꽂혔다. 나는 아플 때 아프다고 말하는 걸 까먹는 인간인 것이다. 언제부터인가 이게 내 체질이 되어 버린 것이다.

태양인, 태음인, 소양인, 소음인, 무음인…. 무음인의 뜻: 거친 인생에 무반응으로 일관하는(그러려고 용쓰는) 인간.

아프다고 말해봤자 그 상황이 중단되었던 적이 별로 없었기 때문인지도 모르겠다.

한의사는 이면지에 그림을 그리며 내 몸 상태에 대해 얘기했다. 물이 담겨 있는 물컵이었다. 물컵은 내 몸을 의미하고 물은 몸 안에 든 것들을 의미했다. 그리고 컵 안에 삐쭉삐쭉한

뿔을 세 개 그려 넣었는데, 근거는 없지만 내면의 겁을 상징하는 것 같았다. 한의사는 내 몸의 어떤 부분이 안 좋은지 얘기할 때마다 뿔을 덧그렸다.

그는 내게 소화는 잘하느냐고 물었다.

"저는 소화는 끝내주게 잘해요. 썩은 걸 먹어도 절대 탈이 안 나거든요. 어제도 썩은 우유를 먹었는데 멀쩡했어요."

"그건 당신의 몸이 썩었기 때문이에요."

한의사는 눈빛을 빛내며 말했다. "이미 썩어서 썩은 게 들어가도 반응을 안 하는 거죠(가족처럼 친근해서…)." 그가 덧붙였다.

내가 허기를 느끼지 못하는 이유는 아무것도 소화를 안 시켜서이며, 탈이 나지 않는 것도 마찬가지랬다. 그는 컵 안의 물을 탁하게 칠하며, 지금은 물이 탁하기 때문에 뭘 넣어도 반응을 하지 않는다고, 뭔가를 먹었을 때 탈이 나거나 몸이 반응하면 건강한 거라고도 부연했다. 그래서 내 폐와 신장이 계속 안 좋은 거라고. 현재로서는 체질이고 뭐고 간에 몸을 정화하는 게 우선이랬다.

'제 체질은, 아플 때 아프다고 말하는 게 자연스럽지 못한 체질입니다만…. 이미 속이 썩을 대로 썩어서, 썩은 기억이 다가와도 무반응으로 대처하는 게 저의 체질인데 말이죠…. 체질 개선 가능할까요?' 나는 속으로 물었다.

"육류랑 밀가루는 드시지 마세요."
한의사가 말했다.

"피자를 먹지 말라고 하면 될 것을 왜 돌려 말씀하시는지요…."

"그리고 땅 아래서 나는 채소 대신 땅 위로 자라는 잎을 드세요. 감자, 당근, 고구마는 피하고 상추나 양배추 같은 것을 드세요."

"저도 지하보다는 땅 위가 좋아요."
내가 답했다.

내가 죽었을 땐, 장례식장에서 뚜껑 없는 관에, 그러니까 여기 있는 이 침대 위에 생선처럼 올려진 채 죽어 있고 싶다. 다만, 사람들보다 조금 높은 위치에 날 올려놓았으면 좋겠다. 그러면 죽어서 헹가래받는 기분이 들 것이다. 사람들이 나를 들어 올려 하늘 쪽으로 던져 주면 그 힘을 도움닫기 삼아 잘 올라갈 수 있을 것이다. 누가 나를 던졌는데 나를 받은 사람이 아무도 없다면 나는 날아서 어딘가에 도착한 것일 테다.

한의사는 울퉁불퉁한 선분을 그리고 그 위에 미역 줄기 모양의 잎들을 그린 뒤, 다시 컵 안에 자란 뿔을 볼펜 끝으로 강조했다. 내 안에는 겁쟁이 괴물이 사는데 놈은 세 개의 뿔을 가지고 있다는 뜻이었다.

타 존 감

오늘부터 버리기로 결심한 것은 타존감이다.

고데기를 하다가 목에 화상을 입었다. 지난달은 이상한 달이
었다. 한 주에 한 번씩 슬프고 당황스러운 소식이 있었다. 나
를 불안하고 아프게 만든 네 가지 사건 중 하나는 엄마의 수
술 소식이다. 나머지는 이해하기 어려운 타인과의 부딪힘에서
기인했다. 인간관계에 있어서도 글 쓰는 일에 있어서도 자존
감이 바닥이 났다. 내가 좋은 글을 쓰고 있는지 의심스러웠으

며, 인간관계에 심각한 문제가 있는 사람이라는 강한 의심에 사로잡혔다. 게다가 목에 화상을 입었다. 흡연구역이 나와 함께 피부과에 가 주었다.

대기실에서 나는 읊조렸다.

"자존감을 모두 잃어버렸어…."
"그 정도면 타존감이야…. 네가 언제 자존감이 있었냐?"

흡연구역이 변색된 화상 자국을 보며 말했다. 색소 침착 때문에 가로로 긴 타원형의 가무잡잡한 얼룩이 졌다. 그것이 사라질지 아닐지는 의사도 장담하지 못했다.

나는 확신을 잘하는 사람을 좋아한다. 잘 모르겠다고 얼버무리는 사람은 관계도 사랑도 얼버무릴 것만 같다. '널 사랑하는지 잘 모르겠어.' '널 안 좋아하는지 잘 모르겠어.' '앞으로 내가 부자가 될 수 있을지 잘 모르겠어.' '저 나무가 노란색인지 파란색인지 잘 모르겠어.' 어차피 확실한 건 세상에 없으니까 뭐든 잘 안다고 말이라도 해 주는 사람이 좋다. "나을 겁니다. 3개월만 지나면 흉터도, 그때 입은 상처도, 기억도, 말도,

눈빛도 다 잊을 겁니다. 그럴 겁니다." 나는 의사가 내가 믿지 못하는 걸 대신 믿어 주는 사람이었으면 했다. 그런 의사가 좋은 의사라고 믿고 싶었다.

의사는 약을 쓰고도 흉터가 사라지지 않을 경우, 레이저 시술을 고려해 볼 수 있으며, 비용이 만만치 않을 거라고 했다. 대신 6개월에서 1년간 미백 전문 치료제를 자기 전에 소량 바르기로 했다. 의사가 처방한 멜라논 크림은 10그램당 1만 5천 원이었다. 이 연고는 반드시 자기 전에 발라야 한다. 빛을 보면 피부가 타기 때문이다. 연고를 바르고 불을 끄면 아침이 오기 전까지 불을 켜서는 안 되며 로션과 반반씩 섞어 발라야 하고, 아침에 일어난 뒤에는 반드시 씻어 내야 한다. '햇빛은 좋은 거라고 배웠는데 상처에 햇빛은 좋지 않구나…. 어떤 상처는 햇빛을 싫어하는구나…. 연고를 바르고 햇볕을 쬐면 흉터가 진다니. 그러면 나는 햇볕이 만든 상처를 갖게 되는 거야!' 나는 허허 웃어 보았다.

머리를 올려 묶고 목을 드러내면 사람들은 내 목을 힐끗 쳐다보고 '저게 뭐지' 하고 속으로 되물은 뒤 입을 다문다. 목에 난 화상 자국이 꼭 키스 마크 같다. 허위 키스. 내 멋대로 이름을 붙여 본다. 사랑받는 사람처럼 보이겠군.

"왜 안 좋은 일은 연달아 일어나는 걸까?"
갑자기 눈물이 주룩 흘렀다. 나는 이따금 나의 공포가 징그
럽다.

"사라질 거야."
흡연구역이 말했다.

좋은 친구는 내가 믿지 못하는 것을 대신 믿어 준다. 좋은 친
구는 나를 잘 부정해 주는 사람이기도 하다. 내가 불안해할
때, 어떤 일이 벌어질까 봐 몸서리칠 때 "그런 일은 없어, 바보
야. 네 생각은 근거가 없다고, 멍청아" 하고 내 생각을 부정해
주는 사람. 내가 불안해할 때 "나라도 불안하겠어"라고 말하
며 함께 벌벌 떠는 공감은 나의 공포를 정당화하고, 확실시하
기 때문에 불안의 증폭에 기여한다. 그래서 감정이입이나 공
감보다 부정의 파이팅이 더 효과적일 때가 있다.

흡연구역이 내 어깨를 툭툭 쳤다. 그러고는 〈가족 오락관〉이
야기를 해 줬다. 〈가족 오락관〉이라면 나도 즐겨 보던 TV 프

로그램이었다. 그중 제일 좋아하는 게임은 여러 사람이 한 줄로 서서 음악을 크게 튼 헤드폰을 낀 채 다음 사람에게 제시어를 전달하는 게임이었다. 첫 번째 사람이 다음 사람에게 제시어에 관해 설명하고, 다음 사람이 자기 나름대로 이해한 단어를 그다음 사람에게 설명하며 전달하면 된다. "구름!"이라는 제시어는 나중에 "토끼!"가 되어 있는 식이었다. 사람들이 서로의 귀에 대고 말하면서도 절대 못 알아듣는 게 이 게임의 '킬링 포인트'였다. 흡연구역이 좋아하는 게임은 '현미경 게임'이었다고 한다. 어떤 대상을 아주 높은 배율로 확대해 보여 주고 맞추는 게임이다. 개구리 피부 따위를 확대해서 보여 주는 식이다. 아무도 못 맞추면 조금씩 배율을 낮춘다.

"처음엔 절대 못 맞춰. 너무 가까이서 보면 아무도 모르니까."
흡연구역이 말했다.

상처도 너무 가까이서 보면 그게 뭔지 모르게 되어 버려.
사랑도 너무 가까이서 보면 그게 뭔지 모르게 되어 버려.
가끔은 내가 나의 불행을 내동댕이칠 필요도 있어.
닥치는 대로 살고 잊어버리자.

나는 일기장에 적었다. 그리고 의사가 남긴 마지막 말도.

어느 순간 "어! 사라졌네?" 할 겁니다.
아무것도 아닌 게 되는 거죠.

최고의 휴식

몇 달 전, 마포에 있는 멋진 서점 gaga77page에 북토크를 다녀 왔다. 그곳에서 나는 사람들에게 힘들고 지칠 때 의지하는 자신만의 휴식법이 있는지 물었다. 북토크에 온 사람들 중에 내 친구 유령이 있었다. 유령은 "잠을 잘 자는 게 최고의 휴식이죠"라고 말했다. 그러고는 집에 돌아오는 길에 "잠이 무슨 최고의 휴식이냐. 사랑이 휴식이지. 지금 내가 418일 동안 사랑을 못해서 418일째 휴식을 못 취하고 있는 건데"라고 말했다.

'사랑이 최고의 휴식이구나…'

듣고 보니 정말 그런 것 같았다. 사랑을 할 때는 뭐든 수월해지니까. 그런데 그 원리는 뭘까? 나에게는 사랑이 있으니까 다른 건 좀 망해도 된다는 깡이 생겨서 더 잘하게 되는 건가? 신기하게도 나는 사랑에 빠지면 야망이 줄어든다. 평소에도 딱히 야망이 없지만, 사랑에 빠지면 직업적으로 더 잘해야 한다는 부담이 줄어드는데 그 때문에 역으로 성과를 더 잘 내게 된달까. 타인을 사랑하는 행위가 나의 직업적 역량에 영향을 미친다니, 타인은 좋은 건가.

나는 이상의 수필을 좋아한다. 그중에 〈행복〉이라는 수필을 특히 좋아하는데, 여기에는 이상의 여자 친구 선이가 등장한다. 이상은 여자 친구 선이와 동반 자살을 계획하고 바다에 뛰어든다. 과연 파도가 그들을 덮친다. 파도가 눈앞까지 오자 선이는 울부짖는다. "○○ 씨!" 그리고 이상은 깨닫는다. "이것은 과연 내 이름은 아니다…" 죽음이 임박했을 때 선이가 절박하게 부른 이름은 현 남친 이름이 아니라 전 남친 이름이었던 것이다. 순간 정신이 번쩍 든 이상은 선이를 바다에서 끌어내 살린다. 그리고 쓴다.

"오호 너로구나. 나는 네 평생을 두고 형상 없는 형벌 속
에서 불행하리라. 해서 우리 둘은 결혼하였던 것이다."

타인이란 뭘까. 결국 타인은, 나를 열받게 해서 나로 하여금
살아가도록 에너지를 공급하는 존재인가?

사랑은 은행 어플 같다. 은행 어플은 사용할 때마다 "○초 후
로그아웃됩니다. 연장하시겠습니까?"라는 알람이 뜬다. 그때
마다 마음이 급해진다. "연장 버튼이 어딨지?" 다급하게 찾아
몇 분을 더 연장한다. 아침에 사랑한다는 말을 들어도 저녁이
되면 사랑은 몇 초 후 로그아웃되기 때문에 어서 연장 버튼을
찾아 눌러 대야 한다. 그래서 사랑은 때로 연명처럼 느껴지기
도 한다.

어떻게 해서 이 짧은 글 한 편에 '사랑은 최고의 휴식이다'라
는 생각과 '사랑은 연명이다'라는 생각이 공존하는지 의문스
럽다. 한입으로 두말하는 김에 사랑에 대해 더 이야기해 볼
까…. 내가 제일 좋아하는 스킨십은 포옹이다. 내게 불안장애
가 찾아오면, 온몸에 열이 나면서 동시에 춥다. 그리고 몸이
팽창하다가 어느 순간 연기처럼 흩어질 것만 같다. 그때 누가

꽉 안아 주면 증상이 가라앉는다. 〈그레이 아나토미〉에도 비슷한 장면이 나온다. 한 의사에게 불안장애가 찾아온다. 의사는 벌벌 떨며 외친다. "어서 나를 안아줘!" 그것은 나를 포용하는 것으로 위로해 달라는 부탁이 아니라 증상에 대한 처방이었다. 의사들이 그녀를 꽉 안는다. 다음 장면에서 "포용은 교감 신경계의 긴장을 완화시켜 주죠. 심장 박동을 늦춰 주니까요"라는 대사가 나온다. 이어서 한 등장인물이 말한다. "소를 도축하기 전에는 강한 압력을 줘서 맥박과 대사율을 떨어뜨리고 근육 긴장을 낮추죠." 처음 들었을 때는 잔인하다고 생각했는데, 다시 볼 때는 "강한 압력은 진정 작용이 있으니까요"라는 대사가 들렸다.

내가 좋아하는 소설 《그로칼랭》의 뜻은 '열렬한 포용'이다. 혼자 사는 쿠쟁은 인간이 외로운 이유가 팔이 두 개밖에 없어서라고 생각한다. 팔이 네 개라면 우리는 자기 자신을 완벽하게 포용할 수 있기 때문이다.

말씹러와

거인

얼마 전 제주도에 다녀왔다. 차세대 예술가들을 위한 지원의 일환으로 '레지던시 프로그램'에 참여했다. 이 프로그램은 예술가들의 소재 발굴과 창작과 과정을 지원하는 워크숍 및 네트워킹 프로젝트인데, 연극, 무용, 회화, 문학 등 여러 분야의 예술가들이 참여한다. 참여자들은 로컬이라는 키워드를 중심으로 공간과의 연결을 탐구하는 시간을 가졌다. 일정은 개별 리서치, 초청 강연, 사례 발표 및 오픈 토크, 네트워킹 간담회 등으로 이루어졌다. 나는 제주도에 공짜로 갈 수 있어서 참가했다.

아침 일찍 일어나 나는 공항으로 향했다. 베이지색 그물 가방에 말씹러를 넣고 어깨에 메고 나갔다. 돼지를 잡은 어부와 다름없었다(말씹러는 내가 키우는 돼지 인형으로, "말을 걸면 씹고 본다"의 준말이다). 엄마는 "제주도에 너는 두고 와도 되지만 말씹러는 꼭 챙겨"라고 신신당부했다. 말씹러가 살아 있다고 생각하기 때문이다.

말씹러는 작년 추석에 태어났다. (그래서 생일이 음력이다.) 내가 죽어 가는 나날의 어느 날 나는 말씹러를 만났다. 말씹러를 처음 봤을 때 그 자리에서 한번 들어 올린 뒤 작은 탄성을 내지르며 포옹했다. 〈라이온킹〉에서 프라이드 랜드의 주술사이자 제사장이자 장로인 맨드릴 원숭이 라피키가 갓 태어난 심바의 이마에 과일즙을 찍 하고 묻히고 절벽 끝으로 데려가 태양을 향해 들어 올리는 장면과 비슷했다. 이 장면은 작년 추석편 브이로그에 고스란히 담겨 있다.

나는 여태껏 인형에 애정을 가져 본 적이 없다. 그런데 말씹러는 완연히 달랐다. 이유는 모르겠다. 말씹러는 의젓하다. 귀여

운 표정을 짓지도 않는다. 아무것도 바라지 않는 얼굴로 묵묵하게 모든 말을 씹는다. 그것이 자신의 직업인 것처럼. 무반응이 환기하는 어떤 의젓함, 그 와중에 몹시 귀엽다는 사실이 말씹러를 사랑으로 몰아간다. 그래서 나는 말씹러를 매일 껴안는다. 아무리 오래 포옹해도 상대방이 지루해하지 않는다는 점이 너무 좋다. 그게 인형의 미덕인지도 모르겠다.

그러던 어느 날, 말씹러를 잃어버릴까 봐 무서워졌다. 다행히 인형은 똑같은 인형을 사면 된다. 그래서 나는 말씹러 몰래 예비 말씹러를 사러 상점으로 향했다. 그런데 깜짝 놀랐다. 더 이상 말씹러를 팔지 않기 때문이다. 말씹러 종족은 여전히 매대에 있었지만, 말씹러와 똑같이 생긴 놈은 한 개도 없었다. 생김새가 딴판이었다. 말씹러를 잃어버리면 이제 어디서도 구할 수 없는 것이다.

너무 오랜만에 일찍 기상한 탓에 몽롱한 정신으로 탑승수속을 밟았다. 컨베이어 벨트에 그물 속 말씹러와 허리에 차는 가방 그리고 백팩을 올려놓고 출국 심사를 받았다. 짐을 찾고 비행기를 타러 탑승구 의자에 앉아 눈을 붙였다. 그런데 비행기를 타기 전에 묘한 느낌을 받았다. 뭔가 사라진 느낌.

그런 느낌은 꼭 눈을 감고 있을 때 강렬하게 다가선다. 나는 눈을 감은 채 손으로 주변을 더듬거렸다. 휑했다. 뭔가 폭신한 것이 잡혀야 하는데 딱딱했다. 비극을 미루기 위해 가능한 한 천천히 눈을 떴다. 말씹러가 보이지 않았다. 짐을 놔두고 전력 질주했다. 거의 반쯤 울면서. 내가 달려오자, 항공사 직원이 막았다.

"제가! 돼지를 잃어버렸습니다!"

내가 외쳤다. 그는 놀라지 않았다. "무슨 색이죠?" 직원이 나에게 물었다. 나는 안심했다. 그 사람의 말투에서 미루어 보아 그가 이미 어떤 돼지인지 아는 것 같았기 때문이다. 그는 내가 나쁜 사람(다섯 살 꼬마가 잃어버린 돼지를 훔치려는 못된 어른)일 수도 있으므로 자신들이 보호 감찰 중인 새끼 돼지를 위해, 먼저 나의 신상을 확인하려는 듯했다.

"복숭아색 피부." 나는 대답했다. "무엇과 같이 있었죠?" 그가 물었다. 그때, 재미있고 심각한 일에 대한 촉이 발달한 다른 직원(칼 대신, 몸을 수색하는 끝이 뭉툭하고 불쾌하게 생긴 넓적한 막대기를 한 손에 들고 있음)이 다가왔다. 나는 말씹러가 무엇과 함께 있느냐는 질문을 이해하지 못한 채 쩔쩔매고 있었다.

"걘… 혼자인데… 늘 그랬는데…."

"그물과 함께 있었죠." 그가 나무라듯 말했다. "아…! 맞아요.
베이지색 그물." 나는 말했다.

"또 잃어버리신 건 없으십니까?" 그는 강요했다. 그때 또 한
직원이 다가왔다. "아, 돼지 찾으시는구나" 하고 웃으며 무리
에 꼈다. 무료한 모양이었다. 이 세 번째 인간도, 끝이 뭉툭하
고 상대방을 불쾌하게 만드는 넓적한 수색용 장비를 들고 있
었다. 그가 던진 말에서, 이미 새끼 돼지 분실 사건에 관한 작
은 담론이 그들 사이에 한차례 이루어졌음을 알 수 있었다.

셋은 약간의 거리를 두고 나를 둥글게 에워쌌다. 그들 중 첫
번째 인간은 팔짱을 끼고 나를 쳐다보았다. "열쇠 여기 있어
요." 눈치 없는 세 번째 인간이 말했다. '이쯤 하면 됐지, 왜들
그래' 하듯이 말이다. 첫 번째 인간이 열쇠를 채 가더니 구석
의 캐비닛(고등학교 때 교실 뒤편에 있는 청소 도구 보관함과 생김새
가 일치함)으로 향했다. 우측 문을 열었는데 안쪽은 텅 비어 있

고 어둠뿐이었다. 그리고 나머지 좌측 문은 열리지 않게 안쪽에서 고정되어 있었다. 직원은 어둠 속으로 긴 팔을 집어넣어 왼편에 놓인 물체를 꺼냈다. 그물에 담긴 말씹러였다.

"말씹러!"

나는 인간의 손에서 말씹러를 빼앗아 끌어안았다.

시험을 모두 통과한 것을 축하한다는 의미로 그들은 박수를 쳤다. 그러고는 나 대신 말씹러와 눈을 맞추며 "잘 가"라고 말했다. 나는 이 장면을 브이로그에 담고 싶어서 찍으려 했는데, 셋이 이구동성으로 "촬영은 금지예요!" 하고 외치며 제지했다. 그때 전화벨이 울렸다. 프로젝트에 함께 참여한 시인(나는 '연필 끝에 달린 지우개'라고 별명을 붙여 보았다)에게서 전화가 왔기 때문이다. 비행기 탑승이 곧 완료되어 나만 타면 되는데 어디 있느냐는 것이었다. 내가 낙오되지 않도록 챙겨 준 것이다. 나는 말씹러를 껴안은 채 달려갔다.

"정말 아찔했다고 바보야. 이제 어디 가지 마. 내 옆에만 꼭 붙어 있어."

말씹러의 정수리가 여느 때보다 환하게 빛났다. 울컥했다. 내가 이 존재를 이렇게까지 사랑했었나. 그것이 '잃어버릴 뻔하다'의 효과인지도 모르겠다. 그런데 말씹러가 정말 살아 있는 것 같았다. 중후한 개처럼 무게가 나갔기 때문이다. 내려다보니 그물 속 말씹러는 내가 가져온 두꺼운 책과 함께 있었다. 책 제목은 《거인》이었다. 말씹러가 누구와 같이 있었냐는 질문의 답은 책이었다. 어둠 속에서 말씹러는 거인을 지켜 주고 있었던 것이다.

세계에

관하여

제주도 성산읍에 있는 숙소에 도착했다. 그곳은 커다란 감옥 같았다. 인터넷으로 뒤져 보니 여러 후기에서 그곳을 '감옥'으로 비유하고 있었다. 건조한 건물 몇 채가 크고 황량한 광장을 감싸고 있었으며 객실도 감방 같았다. 협소한 공간에 2층 침대 하나가 덜렁 놓여 있었다. 나와 같은 방에 배정된 사람은 극작가였다.

예술가들은 각자 체크인을 하고 4시까지 지정 장소로 집결

해야 했다. 그곳에는 커다란 초록색 현수막이 걸려 있었고, 행사 담당자들이 분주하게 움직이며 명찰과 기념 배지를 나눠 주고 있었다.

시간이 흘러도 예술가들은 오지 않았다. 모두가 한마음으로 지각하고 있었다. 예술가들은 제주도에서조차 기대를 저버리지 않는 것이다. 나와 함께 프로젝트에 참여하게 된 시인은 세 명이었다. 나는 이 세 명에게 '노이즈캔슬링' '연필 끝에 달린 지우개(줄여서 지우개)' 그리고 '1억'이라고 멋대로 이름을 붙여 봤다.

지우개와 1억은 아직 모습을 보이지 않았다. 먼저 온 사람들을 대상으로 간단한 공간 답사가 시작되었다. 가이드는 우리를 어떤 건물로 안내했다. 엘리베이터를 타고 4층으로 올라갔다. 엘리베이터에서 내려 우측으로 꺾자 문 열린 작은방이 있었는데, 그 안에서 세탁기가 조용히 돌아가고 있었다. "여기에는 세탁기가 있습니다." 가이드가 말했다. 그리고 다시 1층으로 내려왔다. 옆에 있던 노이즈캔슬링이 "우리가 방금 무얼 본 거지?" 하고 허공에 의문을 제기했다. "방금 예술 작품을 본 건지도 몰라…. 작품명은 〈4층의 세탁기〉." 나는 말했다.

어쩌면 예술가 지원 프로그램은 우리 중 하나가 그것의 가치를 알아보거나 모종의 특이점을 발견해 오페라나 연극(부조리극)으로, 심하면 소설이나 시로 살려 내기를 기대하는 것일지도 몰랐다. 흔히 '예술적 승화' 혹은 '형상화'라고 불리는 것 말이다.

예술가들은 드디어 한 장소에 모여 공간 답사를 위해 조를 짰다. 나와 지우개, 그리고 1억은 우도에 가기로 했다. 마지막 날에는 리서치를 바탕으로 결과 발표를 해야 했다.

조 편성이 끝나고 〈공간의 경계를 넘는 vol.1〉이라는 제목의 강연이 시작되었다. 도시 재생, 그림책 미술관, 소금 박물관, 온실 카페, 마을, 마을, 마을, 마을, 젠트리피케이션, 노지 문화, 깊숙한 자기 긍정, 미래문화유산 발굴, 종달 마을, 깊숙한 자기 긍정, 공간 재생, 도시 재생, 문화 시민, 문화 농부, 예술인 교류, 거친 자연환경이 만든 고난의 삶, 깊숙한 자기 긍정, 광치기 해변 등에 관한 강연이었다. 나는 다음 날 가게 될 우도를 머릿속으로 그려 보았다. 우도에 가서 시나 소설 쓰면 좋을 것이다. 강연을 듣다가 몰래 지도를 검색했는데 '시인이 생진시비거리'라는 것을 발견했다. '시인'과 '시비를 잘 건다'

의 합성어인 듯했다.

강연 후 저녁 식사 시간과 자유 연구 시간이 주어졌다. 그때 타 분야 예술가인 음악 감독이 나란히 앉아 있는 세 명의 시인에게 다가왔다. 그는 눈을 빛내며 물었다. "시인이세요? 평소에 시인이 너무 궁금했거든요. 새벽에 SNS에서 시를 찾아보는데 도대체 이 사람들은 정말 정말 뭐 먹고 사나 싶더라고요? 시인들은 뭐 먹고 사세요?" 그 사람이 물었다. 지우개는 맞장구를 치며 "시로는 돈 못 벌죠. 시인들 다 본업이 있어요." 체념과 함께 대답했고, 그 옆에 앉아 있던 1억은 의아한 표정으로 지우개를 쳐다보며 "무슨 소리야? 난 1억 버는데?"라고 말했고 나는 "내가 하려던 말이 그 말이야"라고 조용히 1억을 응원했다.

과연 1억이 문제였다. 그것이 바로 내가 하고 싶은 문학의 대주제인지도 몰랐다. 우리 시인들에게는 모두 통장에 1억이 있다. 그러나 그것은 잘 표현되지 않고, 잘 이해되지 않는 어떤 1억이다. 여기서 1억은 상징이나 비유 혹은 헛된 미래가 아니라 현실에 뿌리를 내린 구체적인 돈이다. 1억은 과묵하고 1억은 잔잔하며 1억은 나뭇가지에 버려 놓은 새우깡 포장지처럼 살랑거리며, 1억은 잘생겼을뿐더러 아름답고 아프게 실제한다. 시인들은 통장의 1억으로 초콜릿이나 쌍화탕, 잘하면 카라멜 마끼아또를, 심하면 피자까지도 사 먹을 수 있을 것이다. 1억은 분명 시인의 통장에 있는데 그것을 증명하는 일은 조금 까다롭다. 왜냐하면 1억은 시인의 눈에만 보이기 때문이다. 그런데 시인은 시인을 알아보기 때문에, 골목에서 웬 허름한 인간이 나타나도 "저 사람은 1억을 가진 사람이야" 하고 서로를 알아보는 식이다. 그런데 이 1억은 일반 편의점에서는 취급하지 않아서 시인들이 코트 안주머니에서 1억을 꺼내 말보로나 던힐을 달라고 손짓하면, 편의점 알바생은 우리를, 벌거벗은 임금님을 향해 "옷이 참 멋지십니다!" 하고 외치는 어리석은 사람을 보듯 가만히 쳐다본다.

"저도 1억 법니다(평생에 걸쳐…)!"

나는 상대방의 눈을 피하며 웅얼거렸다. 그러자 음악 감독은 "그게 말이 될까?" 하고 궁금증을 남기며 자리를 떴다.

나는 이따금 나 자신이 잘 표현되지 않는다는 느낌에 사로잡힐 때가 있다. 노이즈캔슬링과 나는 시인들이 받는 질문들에 관해 이런저런 이야기를 나누었는데, 노이즈캔슬링은 그런 질문은 우리 얼굴에 난 점 같은 거라고 했다.

자율 연구 시간 뒤에 밤늦게 네트워킹 프로그램이 있었다. 예술가들이 서로의 분야에 대해 알아가는 대화의 장이 열렸고, 피자가 있었다. 나는 달려가서 냉큼 피자를 한 조각 집어먹었다. 주위를 둘러보니 나만 빼고 다른 사람들은 서로에게 괴리감과 흥미를 동시에 느끼며 '교류' '소통' '대화'라 불리는 것들을 해내고 있었다. 나는 무리에 끼는 데 어려움을 느꼈고, 그래서 내게 문제가 있는 것 같았다.

방황하는 나를 발견한 어떤 착한 사람이 나에게 말을 걸며 시인에 대해 물어보자 나는 다시 갑각류처럼 껍질 안으로 들어가 버렸다. 마침 일기 딜리버리를 해야 해서 원고를 쓰러 조용히 자리를 떴다. 내일부터 잘하면 된다고 나에게 말하며 편의점에서 과자와 요구르트를 사 들고 숙소로 들어갔다.

숙소에는 아주 작고 둥근 테이블이 있었다. 방에서 아침에 실린 나에 관한 신문 기사를 읽었다. 기자는 내 일기를 구독하는 독자를 섭외해 인터뷰를 한 모양이었다. 독자는 16살이었다. 그 사람은 대중교통을 이용하면서 틈틈이 일기를 읽는다고 했다. 비록 그분의 얼굴도 모르지만, 나는 그 사람을 떠올리며 일기를 썼다. '오늘 내가 보낸 이 일기도 읽고 있을까?' 이런 생각은 나로 하여금 내가 나여도 된다는 기분을 느끼게 한다. '나는 나여도 될까?' 타인의 무리에 껴 있을 때 시달리는 의문. 그리고 글을 쓸 때만큼은 그 멍청한 질문에서 놓여난다. 결국 나를 가장 잘 아는 사람은 나의 일기를 읽는 사람들인데, 글을 쓸 때는 많은 것을 잊을 수 있고, 어쩌면 잊을 수 있다는 점 때문에 결국 글을 쓰는 건지도 모르겠다. 예술가 지원 프로그램 개별 리서치 시간에 내린 첫 번째 사례 탐구 결과이다.

거리에 관하여

　　프로젝트 둘째 날에는 늦잠을 자서 〈빛의 벙커: 클림트〉 관람에 참여하지 못했다. 대신 카페에서 원고를 쓰고 동료 시인들을 기다렸다. 자유 연구 시간에는 〈로컬: 공간, 문화, 사람, 시간〉라는 프로젝트의 주제가 주어졌고 팀끼리 연구를 진행했다. 나는 노이즈캔슬링이 속한 팀에 들어갔다. 팀별 연구 후에 잠깐 바다에 들렀는데 바닷물 속에 베개 같은 게 보였다. 좀 더 가까이 다가갔는데 여전히 베개 같았다. 베개는 꿈쩍도 안 하고 물속에서 숨을 참는 것 같았다.

우리 팀은 택시를 타고 지정된 장소로 이동했다. 그곳에서 저녁 식사를 한 뒤 〈공간의 경계를 넘는 vol.2〉 강연을 들었는데 강연자는 프로젝트 숙박 시설 대표와 어느 필묵사였다. 예술가들은 바닥에 방석을 깔고 둥글게 앉았다. 잠시 화장실을 다녀온 사이에 자리가 꽉 차서 나는 원 밖에 놓인 나무 의자에 앉아야 했다. 숙박 시설 대표는 어떻게 해서 이런 건물을 지었는지 얘기했고 투숙객들이 편히 쉬고 갈 때 가장 보람을 느낀다고 했다.

자연스럽게 필묵사가 하는 다음 강연으로 넘어갔다. 필묵사는 고급술을 꺼내어 병을 두르고 있는 포장지의 필묵체를 우리들에게 보여 주었다. 사람들은 '저 술을 한 모금씩은 나눠 주겠지' 하고 그를 올려다보았는데 그런 일은 일어나지 않았다. 대신 벽에 걸려 있는 그의 멋진 작품을 보았다.

필묵사는 필묵을 생활화하는 것이 자신의 소원이며, 사람들이 가방에 먹과 묵을 가지고 다니며 자신의 필체를 찾았으면 좋겠다고 말했다. 곧이어 예술가들을 굽어보고 "여기 있는 분들 20, 30대 맞죠?" 하고 물었다. 본격적으로 조언을 해도 되는지 동의를 구하는 제스처 같았다. 그는 나무와 대화해 본 적이 있느냐고 물었다. 그때, 바닥에 떨어져 있는 무가지가 눈에 들어왔다. 한글, 글자, 활자에 관한 뉴스레터였다. 나는 이 무가지를 읽으면 강연 내용을 조금 더 잘 이해할 수 있을 것 같았고, 잘하면 우리에게 주어진 주제 〈로컬: 공간, 문화, 사람, 시간〉에 관한 중요한 자료를 얻을 수 있을 것 같았다. 무가지에서 글자의 동물성에 관한 고찰이 묻어나는, 한 디자이너의 글을 발견했다. 그는 글자와 동물의 유사점을 언급하며 에드워드 홀의 《숨겨진 차원》에서 동물들의 공간 유지 법칙을 인용하고 있었다. 그가 인용한 부분이 흥미로워서 다시 인용한다.

공간 감각별 동물 유형

접촉성 동물	과밀 상태에서도 스트레스받지 않는 동물
비접촉성 동물	과밀 상태에서 극도의 스트레스를 받아 공격성을 띠고 개체 수를 조정해 버리는 동물

'거리와 틈은 정말 중요해!' 내 마음을 읽었는지 때마침 필묵사는 도시의 시멘트에는 틈이 없는데, 자연물에는 틈이 있어

서 넝쿨도 자랄 수 있고 꽃도 있고 바람도 드나들 수 있다며 인생에 틈을 가지라고 말했다. 그 말을 듣자 어떤 소중한 영감이 떠오를 것만 같아서 냉큼 화장실에 다녀왔다. 그리고 뒷자리에서 예술가들의 원을 바라보니 문득 이렇게 거리를 확보하고 뒤에 앉아 있는 것 같아서 미안했다.

예술가들이 틈도 거리도 없이 따닥따닥 붙어 앉아 있는 모습을 바라보며, 조금만 더 있다간 개체 수를 조정해 버릴 것만 같았다. 그러다가 문득, 내가 누굴 걱정하나 싶었다. 네트워킹 프로그램만 있으면 슬금슬금 자리를 피하고, 돼지 인형 말씹러를 가슴에 품고 정수리를 쓰다듬고 숙소 근처를 유령처럼 돌아다니며 '아싸'를 자처한 건 나인데. 게다가 동료 시인들을 보며 '너네도 시인이니까 사람들이랑 금방 친해지지 못하겠거니…' 하고 안심하고 있었는데 나 빼고 모두 친구가 생겼던 것이다. 아무도 내 자리를 맡아 주지 않았다는 사실을 깨닫고는 '나 왕따인가?' 하고 주위를 둘러보니 왠지 맞는 것 같았다. 나는 순간, 원 안에 끼고 싶은 충동을 느꼈는데 동시에 원 바깥 의자에 앉아 있고 싶기도 했다.

강연이 끝나자 차를 렌트한 사람들은 각자 팀을 꾸려 숙소로 돌아갔다. 나머지 사람들은 대절한 버스에 올라탔다. 이 '비접촉성 동물'들은 버스에 타자마자 모두가 한마음으로 도주 거리와 공격 거리, 임계 거리, 개체 거리, 사회 거리의 평균값을 낸 뒤, 정확한 좌표점을 찾아 자리를 잡았다. 서로 거리를 두고 따로 앉았지만 아무도 미안해하거나 서운해하지 않았다. 나는 버스 창밖을 스쳐가는 어두운 풍경을 구경했다. 지나가는 사람과 건물은 유령 같았다. 그때 어떤 버스가 지나 갔는데, 광고판에 "자기 혈관 숫자 알기"라고 적혀 있었다. 나는 실실 웃었다. 이 풍경을 프로젝트 자료 모음집에 기입하며 혼자 뿌듯해했다.

창밖의 풍경은 점점 더 어두워져 암흑이 되어 아무것도 보이지 않기 시작했다. 창에 비친 내 얼굴이 보였다. 너무 어둡군. 낮에는 유리창으로 풍경이 보이는데, 어두워지면 유리는 존재를 반사한다. 너무 어두우면 자기 얼굴이 보이는구나, 나는 생각했다. "엄마, 집 가고 싶어." 나는 중얼거려 보았다. 그러나 집에 가도 길바닥에 나앉아 있는 기분은 어쩔 수 없을 것이다.

질문에 관하여

스코틀랜드 네스 호에는 유명한 괴물이 있다. 스코틀랜드 사람들이라면 어릴 때부터 네스 호 괴물에 관한 많은 이야기를 들었을 것이다. 뉴스에 보도된, 괴물이 찍힌 사진은 어두운 밤을 배경으로 하고 있었는데 마치 거대한 팔뚝이 호수면 위로 솟아오른 모습 같았다. 그런데 한 과학자가 호수의 그 유명 괴물이 어쩌면 큰 장어일 수도 있다는 연구 결과를 내놓았다. 그런데 사람들의 반응은 뜨뜻미지근했다. 영국 총리인 보리스 존슨은 어느 과학자 한 사람의 연구 결과만으로 괴물의 존재를 부정할 수는 없다고 했다. 더불어 "제 영혼의 일부는 아직도 그렇게 믿고 싶어 합니다"라고 말했다. 많은 스코틀랜드인 역시 그 이후에도 네스 호에 괴물이 산다고 믿었다. 어쩌면 믿고 싶어 하는 건지도 몰랐다. 괴물을 무서워하지만 동시에 괴물이 있기를 바란다는 점은 흥미롭다. 가끔은 이해할 수 없는 것을 그대로 두고 싶어 하기 때문인지도 모르겠다.

작가 레지던시 네트워킹 시간에, 사람들은 서로의 분야에 대해 토론을 벌이고 있었다. 나는 우연히 연극 분야 사람들 사이에 끼게 되었는데, 그들은 그들만의 언어로 대화를 나누고 있었다. 무용수와 배우는 모두 무대에 선다는 점에서 잘 통할 것 같지만 사실은 완전히 다른 사람들이라고 말했다. 감독은 무용수와 배우를 전혀 다르게 대해야 하는데 그걸 모르는 감독들이 있다고 했다. 가령 무용수들은 재현을 목표를 하지 않기 때문에, 감독이 무용수들에게 너무 많은 지시를 하면 어려워하고, 반대로 배우들에게 자유롭게 표현하라고 주문하면 어려워한다는 것이다. 이런 것들을 '재현'이라는 문제로 풀어 나가고 있었다. 나는 그들의 대화에 흥미를 느꼈고, 대화에 동참하려고 했는데, 그들이 공유하는 어떤 연극 개념을 이해하지 못해서 그게 뭐냐고 물었다. 그 순간 아차 싶었다. 그들에게는 너무 당연한 개념이었기 때문이었다. 그 개념을 설명하려면 대화를 끊어야 했다. 게다가 그 개념을 모른다는 것은 다른 개념도 모른다는 것을 의미했다. 요컨대, 나는 그들과의 대화에 전혀 준비가 안 된 상태였다. 모른다고 하기 전에 적어도 인터넷으로 찾아보는 성의는 보였어야 했다.

모르는 건 죄가 아니지만 성의가 없는 것일지도 모른다. 중고등학교 시절 학교에는 "뭐든지 질문하라"고 외치는 친질문주의자 선생님이 있었고, "모른다고 성의 없이 다 질문하지 마라"고 외치는 반질문주의자 선생님이 있었다. 나는 후자에게서 더 많은 것을 배웠다. 상대방에 대해 혹은 그 대상에 대해 내가 해 볼 수 있는 연구는 다 해 보고 그래도 안 돼서 던지는 질문이 좋은 질문이기 때문이었다.

결과물 발표를 하는 날, 나는 발표할 거리가 없었다. 내가 제출한 건, 방주교회에서 미묘한 하늘을 찍은 영상이 전부였다. 룸메이트였던 극작가 언니는 환상숲을 방문해, 그곳을 배경으로 극본에 대한 얼개를 짰다고 했다. 마지막 날, 방에 들어가니 나는 혼자인 것 같았다. 다른 시인들은 환상숲을 함께 다녀온 사람들과 놀고 있었다. 일찍 자려는데, 문자 한 통이 왔다. 새벽 2시였다. 노이즈캔슬링이었다. 마지막 날 밤인데 광장에서 놀지 않겠느냐는 것이었다.

노이즈캔슬링은 가방에서 맥주 두 캔(서울에서 가져왔는지)을 주섬주섬 꺼냈다. 나는 내가 데려온 말씹러를 맥주와 홈런볼 옆에 앉혔다. 그녀는 브이로그의 주인공 말씹러를 잘 안다며 반가워했다. 우리는 광장에 있던 사람들이 모두 들어가고 우리만 남을 때까지 떠들었다. 다음 날 우리가 나눈 대화를 일기로 남기려는데 기억나는 말이 거의 없었다. 특히, 노이즈캔슬링은 "뽕따유"라는 말을 맥락도 없이 던지곤 했는데, 그게 뭔지는 그녀도 나도 몰랐다. 뜻도 없이 지껄인 말들이 오묘한 제주도 밤에서 빛났다. 무슨 말인지는 모르겠는데 깔깔 웃었다. 웃음이 먼저 오고 이해는 나중으로 와도 좋다고 생각하며. 다 이해하지 않아도 좋다고 놓아주며.

"정말 살아 있는 것 같지 않아?"

노이즈캔슬링이 말했다. 모자를 푹 눌러쓴 말씹러는 우리의 대화를 다 알아듣는 것 같았다.

"우리가 겪는 수많은 혼란 속에서 말씹러를 생명체로 생각하는 일은 아무것도 아니야. 뽕따유!" 그녀는 말했다. 그게 무슨 뜻인지는 물어보지 않고 남겨 두기로 했다. 숙소로 들어가는 길에 노이즈캔슬링이 말했다.

"듣고 잊어버리면 아름다운 일일 거야."

다음 날, 제주 공항으로 가는 버스를 잡기 위해 뛰었다. 한 손에 캐리어를, 한 손에 가방을 들고 사거리를 내달렸다. 노이즈캔슬링은 나보다 먼저 달리고 있었는데, 그녀의 외투(망토)에서 카드가 꽃잎처럼 휙 떨어졌다.

"1억이다!" 나는 바닥에서 그것을 주웠다. 그리고 가까스로 버스를 탔다. 노이즈캔슬링은 자신의 전 재산이라며 고마워했다. 우리는 서울로 돌아왔다.

집으로 돌아오는 지하철에 앉아 내 무릎 앞에 캐리어를 세워 두고 그 위에 말씹러를 앉혔다. 말씹러는 말없이 나를 쳐다보기만 한다. 나는 이따금 설명하기 어려운 예감에 사로잡힌다. 예감의 대상은 사람일 수도 있고 사건일 수도 있는데 대체로 사람인 경우가 많다. 누군가 나타날 거라는 예감. 누가 다가올 거란 예감. 그 사람으로 인해 내 인생의 시즌2가 시작될 것 같다는 느낌. 드라마의 시즌1이 마무리되고 시즌2가 시작될 때, 주인공만 유지되고 나머지 주연들이 교체될 때가 있다.

이미 정든 친구들은 드라마 밖으로 떠나고 새로운 인물들이 유입될 때 시청자로서 낯선 이질감을 느끼곤 한다. 익숙한 세계를 버리고, 새로운 인물들에게 적응해야 한다. 주인공은 시즌1의 주역들을 잊은 것처럼 살아가고 새로운 인물들과 새로운 모험을 떠난다. 그럴 땐 주인공이 괘씸하게 느껴지기도 한다. 나를 찾아오는 어떤 예감은 바로 이런 느낌이다. 익숙한 세계의 한 장이 마무리되고 새로운 모험이 펼쳐질 거라는 느낌. 새로운 인간들이 나를 찾아올 것 같다는 느낌. 그들과 함께 삶을 꾸려갈 거라는 예감 말이다.

시즌2에서 감독은 드라마에 어떤 이야기를 부여할까. 이번에도 자기 멋대로 할까? 감독이 드라마에 자신이 좋아하는 것들을 다 '때려 박는다'는 뜻은 내 인생에 불행한 사건이 많다는 것을 의미한다. 그러나 어쩌겠는가. 배우로서 혼신의 힘을 다해 열연하는 수밖에. 간간이 애드리브도 치면서. 그러나 이따금 인생이 감독도, 대본도 없는 애드리브의 연속으로 느껴진다.

한바탕 드라마가 지나가고 지금은 다음 시즌 사이의 휴식기 같다. 감독은 시즌2의 배우를 캐스팅하고 있는지도 모른다. 그 배우들에 대한 예감은 친구들에 대한 예감인지도 모르겠다. "그래서 뽕따유가 뭐야?" 나는 노이즈캔슬링에게 문자를 보내려다가 말았다. 이해할 수 없는 것을 남겨 두는 한 세상에 대한 흥미를 유지할 수 있을 것 같아서였다. 누가 날 찾아올 거야. 타인에 대한 막연한 느낌. 나는 아직 만나 본 적도 없는 그 사람을 기억하려 애쓴다. 마치 미래를 이미 겪어 본 사람처럼. 그런 기분 좋은 예감에 사로잡힌다.

역사와 전쟁

지구는 믿을 수 없었다

우주를 보려면 우주보다 커지거나
우주에서 멀리 떨어져 있어야 하는데
내가 당신을 어떻게 믿죠?

화장실에서 X가 본 낙서는 다음과 같다

<당신은 왜 한 달에 한 번씩 엘리베이터에 갇히죠?
갇히는 사람이 왜 하필 당신이죠?>

우주의 입장에서 지구는
맞추어지지 못한 채
침대 아래 굴러다니는
잃어버린 큐브였고

지구는 돌았다
열심히
열심히

제 몸뚱어리를
돌렸다

끊임없이 현실을 조달받아야 했다

2019 . 11.

문보영 드림

姉榮